# 신동엽

깊이
읽기

# 신동엽 깊이 읽기

초판 인쇄  2024년 12월 18일
초판 발행  2024년 12월 24일

지은이_신좌섭 · 맹문재
펴낸이_한봉숙
펴낸곳_푸른사상사

주간 · 맹문재 | 편집 · 지순이 | 교정 · 김수란, 노현정
등록 · 1999년 7월 8일 제2-2876호
주소 · 경기도 파주시 회동길 337-16(서패동 470-6)
대표전화 · 031) 955-9111~2 | 팩시밀리 · 031) 955-9114
이메일 · prun21c@hanmail.net
홈페이지 · http://www.prun21c.com

ISBN 979-11-308-2201-3   93800
값 22,000원

어린 시절의 신동엽 시인

신동엽 시인과 인병선 시인의 결혼식

신동엽 시인의 부친 신연순 옹과 자녀들(왼쪽부터 정섭, 우섭, 좌섭)

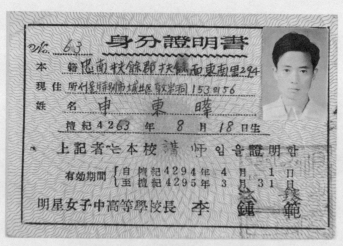

신동엽 시인의 명성여고 교사 신분증

시집 『아사녀』 표지

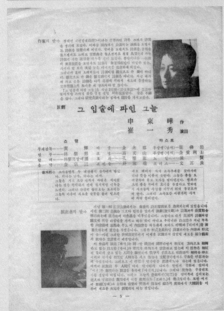

시극 〈그 입술에 파인 그늘〉 팸플릿

오페레타 〈석가탑〉 팸플릿

제주 여행길의 신동엽 시인

군수리 논에서 신동엽 시인과 아들 좌섭

創批全作詩

# 금강

## 신동엽

창작과비평사

『금강』 표지

地脈속의 噴水

故金洙暎씨의 詩世界

申東曄

＜故金洙暎씨＞

「지맥 속의 분수」(『한국일보』, 1968. 6. 20)

9

신동엽 시인의 일기장　　　　『신동엽 전집』 표지

1970년 백마강가에 세워진 첫 신동엽시비

신동엽 시인 생가

신동엽 시인 생가, 신동엽문학관

신좌섭 가족

현대문학
연구총서

60

# 신동엽

# 깊이
# 읽기

**신좌섭 · 맹문재** 대담집

이 대담집은 『푸른사상』 2019년 봄호부터 2020년 가을호까지 '신동
엽 시인 50주기 특별 대담'으로 다섯 차례 발표한 것을 정리해서 묶은
것이다. 대담집의 내용은 제1부 신동엽 시인의 생애, 제2부 시 세계, 제
3부 장편서사시 「금강」 읽기, 제4부 산문 세계, 제5부 신동엽 시인의
아내이자 짚풀생활사박물관장인 인병선의 생애와 활동 등이다.

이 대담집은 이전에 나온 연구 논문이나 여타의 글들과는 차원이 다
르게 신동엽의 삶과 작품 세계를 전체적이면서도 구체적으로 고찰하고
있다. 신좌섭은 신동엽의 아들로서 또 시인으로서 신동엽이 추구한 작
품의 본질을 꿰뚫고 있다. 그 누구보다도 신동엽의 시 세계를 사랑하고
있는 것이다. 따라서 이 대담집은 신동엽의 연구에 필요한 기초 자료가
될 것이다.

제1부의 대담에서는 신동엽 시인의 부모와 형제 등 가계 및 초등학
교에서부터 대학까지의 생활을 정리했다. 아울러 결혼과 가정생활, 직

장 생활, 문학 활동, 오페라와 가극 활동 등도 정리했다. 기초 자료를 제공하는 차원에서 호주인 신좌섭의 제적 초본과 신동엽의 아버지인 신연순의 친필 글씨, 신동엽의 어린 시절 사진 등도 공개했다.

제2부에서는 신동엽의 시 작품을 한 편씩 꼼꼼하게 살펴보았다. 신동엽의 시에서 빈도수가 높은 시어에 대한 고찰, 4·19혁명 무렵의 시 세계, 1970년대의 소외된 존재들을 품는 시 세계 등을 정밀하게 읽어본 것이다. 집중적으로 읽은 시 작품은 「종로5가」, 「아니오」, 「껍데기는 가라」였다.

제3부에서는 한국 시문학사에서 기념비적인 작품인 장편서사시 「금강」을 집중해서 읽었다. 「금강」에서 쓰인 시어, 창작 동기, 일화, 역사의식, 시문학사적 의의 등을 살핀 것이다. 신동엽이 동학농민혁명을 토대로 3·1운동, 4·19혁명의 주체를 민중으로 인식했음을 확인할 수 있었다.

제4부에서는 신동엽의 산문 세계를 살펴보았다. 신동엽의 산문 중에서 「시인정신론」은 그의 시론의 진면목을 보여준다. 신동엽은 현대 사회를 맹목적 기능자의 시대, 상품화 시대, 대지를 이탈한 문명 등으로 진단하고 원수성, 차수성, 귀수성의 개념을 제시했다. 그리고 이상적인 인류의 모습으로 전경인(全耕人)을 제시했다. 신동엽의 시론을 시 작품 「이야기하는 쟁기꾼의 대지」(제6화)에 적용해 해석해보기도 했다. 이외에 신동엽은 김수영 시인이 타계하자 『한국일보』(1968년 6월 20일)에 「지

맥 속의 분수」라는 조사를 발표했고, 1960년대의 김수영과 이어령 사이의 순수–참여 논쟁에서 김수영의 논지를 옹호하는 「선우휘 씨의 홍두깨」(『월간문학』, 1969년 4월호)를 발표했다.

제5부에서는 신동엽 시인의 아내이자 짚풀생활사박물관 관장인 인병선의 삶과 문학에 대해 정리했다. 인병선의 가계, 한국전쟁 때 제주도로 간 피란살이, 대학교 생활, 결혼 생활, 1993년에 개관한 짚풀생활사박물관, 산문집 『벼랑 끝에 하늘』과 시집 『들풀이 되어라』 등의 저술 활동을 살펴본 것이다.

이 대담집의 내용은 2019~2020년도 시점의 기록임을 밝혀둔다. 이 대담 이후에도 신동엽 시인에 대한 새로운 사실들이 발굴되었다. 신동엽 시인에 대한 자료 발굴과 연구는 현재진행형이다. 이 대담집이 그중 한 가지로 신동엽의 삶과 시의 이해에 조금이라도 도움이 되기를 기대한다.

2023년 11월
신좌섭 · 맹문재(글)

# 제1부

# 생애

# 생애

**맹문재**  신동엽 시인은 1930년 8월 18일 충남 부여읍 동남리에서 장남으로 태어났다고 『신동엽 전집』(창작과비평사)에 기록되어 있습니다. 이번 대담에서 제가 언급하는 기록들은 이 전집에 수록되어 있는 것이에요. 신동엽 시인의 부친 및 모친의 존함과 생몰 연대, 그리고 생활 형편은 어떠하였는지요?

**신좌섭**  이번에 간행된 『신동엽 산문전집』(창비)에 수정했는데, 아버님의 출생 일시는 1930년 음력 윤 6월 10일 축시(丑時)입니다. 양력으로는 8월 4일이지요. 8월 18일은 호적상의 생일입니다.

  할아버님의 존함은 평산(平山) 신씨(申氏) 연순(淵淳)이고 1894년 갑오년 음력 8월 9일생입니다. 97세까지 사셔서 1990년 음력 8월 7일에 돌아가셨습니다. 평소에 담배는 하셨지만, 술은 아예 드시지 않고 소식(小食)하는 습관이 몸에 밴 분이었습니다.

# 제적초본

| 본 적 | 충청남도 부여군 부여읍 동남리 294번지 | | | | | |
|---|---|---|---|---|---|---|
| 호적편제 | [편제일] 1990년 10월 13일 | | | | | |
| 전산이기 | [이기일] 2002년 08월 05일 | | | | | |
| | [이기사유] 호적법시행규칙 부칙 제2조제1항 | | | | | |
| 호적말소 | [말소일] 2008년 01월 01일 | | | | | |
| | [말소사유] 법률 제8435호에 의하여 말소 | | | | | |

| 전호주와의 판계 | | 신연순의 손자 | | | 전호적 | |
|---|---|---|---|---|---|---|
| 부 | 신동엽 | 성 | 남 | 본 | | |
| 모 | 인병선 | 별 | | 平山 | 입 적<br>또 는<br>신호적 | |
| 호주 | 신좌섭(申佐燮)<br>제적 | | | | 출 생 | 서기 1959년 05월 05일 |
| | | | | | 주민등록<br>번 호 | 590505-1****** |
| 출생 | [출생장소] 부여군 부여읍 동남리 294번지<br>[신고일] 1959년 05월 10일　　　[신고인] 부 | | | | | |

신좌섭의 제적 초본

부여군에서 주는 장수상(長壽賞)까지 받으셨지요. 1980년대 초
까지만 해도 자전거를 타고 다니셨던 모습이 눈에 선합니다. 아
버님 돌아가신 후 21년간 부여 동남리 집에서 먼저 떠난 외아들
의 흔적을 지키면서 사셨지요.

할머님의 존함은 광산(光山) 김씨(金氏) 영희(英嬉)이고 1910년
경술년 5월 11일생입니다. 1971년 5월 19일에 교통사고로 돌아
가셨습니다. 아버님 돌아가신 지 2년 뒤인데, 외아들을 잃고 상
심의 세월을 보내셨지요. 할머님은 손맛이 좋아 술 담그는 솜씨
가 뛰어나고 흥도 많으셨던 분으로 기억합니다. 부소산 고란사
에서 친구분들과 어울려 연회를 즐기던 장면도 기억이 납니다.
일종의 신기(神氣) 같은 것이 있는 분이었던 것으로 기억합니다.

할아버님 기록에 망처(亡妻)로 밀양(密陽) 박씨(朴氏)가 있다고
하였습니다. 아버님을 낳으신 광산 김씨 할머니는 후처인 것이
지요.

지금 문학관 앞의 집 주소는 동남리 501-3번지인데 원래 아
버님이 태어나신 곳은 동남리 294번지입니다. 지금의 궁남지사
거리에서 궁남지 방향으로 가다가 좌측 두 블록 들어가 있는 곳
이지요. 그렇지만 몇 장 남아 있지 않은 어린 시절 사진의 배경
이 현 문학관 앞의 집 501-3번지인 것으로 볼 때 동남리 294번
지에 거주한 기간은 그리 길지 않은 것으로 짐작됩니다. 엄밀히
말하자면 태어난 곳을 뜻하는 생가 터는 294번지이고, 현재 문
학관 앞에 있는 집은 소년기와 청년기를 보낸 옛집이라고 하는
것이 옳을 것입니다.

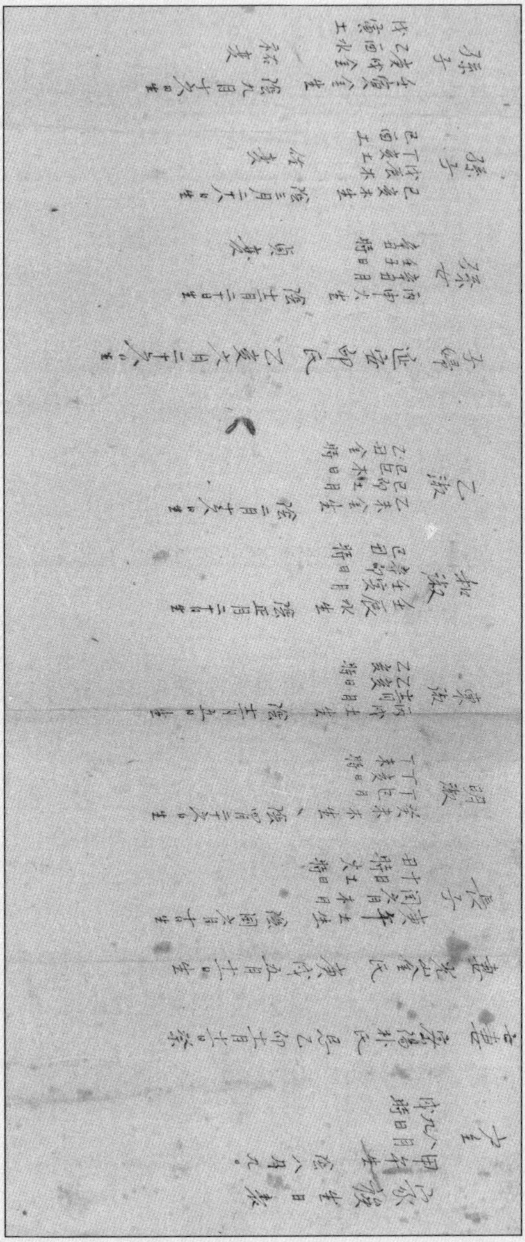

신연순 할아버지 친필

**맹문재**  부친 신연순의 형제분들은 어떻게 되는지요?

**신좌섭**  할아버님은 외아들이었던 것으로 알고 있습니다. 애초에 경상
북도 금릉(金陵)에 살았는데, 부친 신현철(申鉉喆)을 따라 경기도
광주, 충남 서천 등을 전전하다가 부여군 옥산면을 거쳐 부여군
부여읍 동남리에 정착했다고 하지요. 한때 농사를 지어보기도
했지만, 부칠 땅이 없어 이곳저곳을 전전하며 모시 장사를 했다
고도 합니다. 그러다가 40대 후반부터 임천면(林川面)에서 대서
사(代書士)를 시작했는데, 나중에는 부여군청 옆으로 자리를 옮
겨 사법서사 일을 돌아가실 때까지 하셨지요. 할아버님의 친필
글씨를 갖고 있는데 정자체에 아주 꼼꼼하기 이를 데가 없습니
다. 성격도 글씨체처럼 차분하고 꼼꼼하셨지요.

**맹문재**  모친 김영희의 형제분들은 어떻게 되는지요?

**신좌섭**  할머님께는 나이 차이가 많이 나는 오빠가 한 분 계셨던 것으로
알고 있습니다. 할아버님의 손위 처남이었던 셈인데, 1970년에
돌아가셨습니다. 그 큰아들이 지금 부여에서 '인테리 금방'을
하는 김동수 사장입니다. 김동수 사장께서 할아버님을 고모부
라고 불렀지요.

**맹문재**  신동엽 시인의 형제분들은 어떻게 되는지요? 산문집에 실린 편
지들을 읽다 보니 화숙이, 을숙이 여동생이 있는데요.

첫째 여동생 명숙의 결혼식 : 앞줄 우측부터 신동엽, 김영희, 신연순. 신부의 우측 여성 3인은 순서대로 동숙, 화숙, 을숙. 네 번째 남성 김동수 사장.

**신좌섭**  명숙, 동숙, 화숙, 을숙, 이렇게 네 명의 여동생이 있지요. 동생들에 대한 아버님의 사랑이 무척 깊었던 것으로 기억합니다. 특히 바로 아래 명숙, 동숙 고모는 동선동 서울집에 상당 기간 함께 기거하면서 살림살이를 도왔고 아버님은 동생들의 취직과 결혼에 신경을 많이 쓰셨지요. 막내인 을숙 고모는 현재 짚풀생활사박물관 일을 돕고 계시고, 다른 고모들은 이곳저곳에 흩어져 살아 자주 만나지는 못합니다.

할아버님의 첫 번째 부인인 밀양 박씨 슬하에 '동희'라고 딸이 있었습니다. 아버님에게는 이복누이이지요. 1990년 할아버님 장례식에 오셨는데 부산에 사신다고 들었습니다.

**맹문재**  신동엽 시인은 1942년(13세)에 부여국민학교를 졸업했지요. 일곱 살 때 입학한 것으로 보이는데 학교생활은 어떠했는지요?

**신좌섭**  문학관에 보존되어 있는 당시 통지표를 보면 성적이 좋았다는 것을 알 수 있지요. 초등학교 때의 것은 아니지만 몇몇 노트를 보면 필기 습관이 아주 훌륭했던 것 같습니다. 개념들의 체계를 도식화하고 요점을 짚어 설명해놓은 재미있는 노트들을 볼 수 있습니다. 할아버님이나 할머님 기억에 의하면 학교를 마치고 돌아오면 혼자서 논둑길을 걸으면서 학교에서 배운 것을 하나하나 머릿속으로 정리하는 습관을 갖고 계셨다고 합니다. 성격은 다소 내성적이고 말이 없는 편이었지요.

초등학교 5학년(1942년) 때에는 내지성지참배단(內地聖地參拜

신동엽 시인 어린 시절

신동엽 깊이 읽기

團)에 부여국민학교 대표로 뽑혀 조선인으로는 유일하게 충남 지역 각 학교에서 선발된 일본인 학생들과 보름 동안 일본을 다녀오셨지요.

1930년생이니까 초등학교 때 한글을 배울 기회는 없었는데, 집에서 따로 공부를 하신 모양입니다. 지금도 생존해 계시는 동창분이 아버님에게 한글을 배워 깨쳤다고 증언하고 있습니다.

**맹문재** 1953년(24세) 단국대학교 사학과를 졸업했어요. 사학을 전공하게 된 연유나 목표를 들어볼 수 있을까요?

**신좌섭** 아버님은 부여국민학교를 마치고 1945년 4월 전주사범학교에 들어갔는데, 1948년 동맹휴학 가담으로 퇴학을 당한 뒤 공부를 더 해야겠다는 생각을 늘 하셨던 것 같습니다. 1949년 7월 공주사대 국문과에 입학했으나 다니지 않고 그해 9월 단국대학교 사학과에 입학해서 1953년 대전 전시연합대학을 통해 졸업한 것으로 되어 있습니다. 1964년에 건국대학교 대학원 국어국문학과에 입학하지만, 한 학기만 다니고 그만두셨습니다.

그래서 학력을 요약하자면 부여국민학교, 전주사범학교, 단국대 사학과를 다니신 것인데, 국문과에는 공주사대와 건국대를 두 번이나 들어갔다가 그만두신 셈이지요. 정작 국문과에서는 배울 것이 없다고 느꼈을까요? 아무튼 전쟁 중이라고는 하지만 사학과는 충실히 마치려고 하신 것 같습니다. 아버님의 시에

1970년 백마강가에 세워진 첫 시비

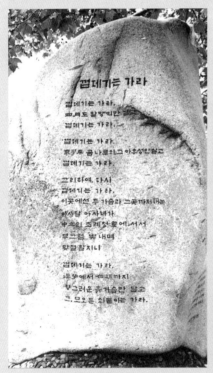

1990년 단국대학교 교정에 세워진 시비

1999년 부여초등학교 교정에 세워진 시비

2001년 전주사범
(현 전주교육대학)
교정에 세워진 시비

2019년 동국대
부속여고(구 명성여고)
교정에 세워진 시비

신동엽과 인병선의 결혼식

신동엽 깊이 읽기

표현된 역사의식과 관련이 있을 것으로 짐작합니다. 단국대학교가 독립운동 하던 분들에 의해 설립된 학교인 것과도 연관이 있는 것 같고요. 당시 단국대 사학과 교수진이 어떤 분들이었는지 궁금합니다.

**맹문재**  말씀을 듣고 보니 신동엽 시인이 사학과에서 수학한 것은 역사의식과 관계가 있다고 생각되네요. 신동엽 시인은 1957년(28세) 인병선 여사와 결혼을 했고, 그해에 맏딸 정섭을 얻은 것으로 알려져 있어요. 실제로 직업이 없는 상태로 결혼을 한 셈인데 어떻게 가정생활을 영위하셨는지요?

**신좌섭**  연도 기록이 잘못된 부분이 있어 이번에 출간된 『신동엽 산문전집』에서 고쳤습니다. 결혼하신 것은 1956년 10월이고 누이가 태어난 것이 1957년입니다.

결혼 초에 어머니가 부여에 한동안 머무르면서 먹고살 궁리를 하다가 '이화양장점'을 차린 것은 널리 알려진 이야기이지요. 양장점은 몇 개월 정도 운영한 것으로 보입니다. 돈벌이를 위해 당시 부여에 있던 큰 성냥공장에 성냥 재료로 공급할 미루나무를 키우면 돈이 될까 등등 많은 궁리를 했다고 전해집니다. 그러나 밑천이 없는 상황에서 허황된 생각이었겠지요.

누이가 태어나자 여러 인맥을 통해 구직운동을 해서 1958년 6월 충남 보령의 주산농업고등학교 교사로 취직이 됩니다. 그래서 아버님, 어머니, 누이 세 사람이 보령에 가서 사는데, 익숙하

어린 시절 할아버지와 함께 : 왼쪽부터 정섭, 우섭, 좌섭

지 않은 산골 생활이 무척 팍팍했던 모양입니다. 아버님 시 중에 「얼마나 반가웠으면」이 그 당시에 쓴 것이라고 하지요. 여기서 궁둥방아를 찧는 것은 갓 태어난 누이였을 것입니다.

얼마나 반가웠으면 나 돌아올 때마다
해햇거리며 궁둥방아를 찧어쌓을 것이랴.

이웃과 이웃 서로 등 대고 지내는 각박한 소읍
찬바람 속에서 오직 마음 통하고 지내는 사이는
우리 세 식구뿐이었기에.

바람에 쓸려 어쩌다 흘러들어간 산촌
장날이면 헤어진 장꾼들만 오가는 길갓방
우리 셋은 싸움의 터전을 거기 잡고
양식을 물어들이기 시작했던 그날에.

앉혀만 놓아도 십상 넘어지기 좋아하는
까아만 그 두 눈 속에
인적 드문 산골 아침에 나가 저녁에 돌아오는 내 모습이
얼마나 반가웠으면 나 돌아올 때마다
해햇거리며 세상 모르고 궁둥방아를 찧어쌓을 것이랴.

　　　　　　　　　　　　　　　　—「얼마나 반가웠으면」 전문

그런데 그해 가을 폐디스토마가 발병하여 아버님은 계속 각

혈을 하게 됩니다. 교장선생님께서 아버님이 위독하다고 부여
에 편지를 보냈지요. 백방으로 조치를 해도 낫지 않아 결국 어
머니와 누이는 서울 외할머니 댁으로 올라오고 아버님은 학교
를 사직하고 부여로 돌아가 투병과 창작에 몰두합니다. 결핵이
라고 여겨 가족으로부터 떨어져 있어야 한다고 생각했던 것이
지요.

　다행히도 그 이듬해인 1959년 『조선일보』 신춘문예를 통해
등단을 하고, 그해 봄 외할머니 집에서 멀지 않은 돈암동 개천
가에 셋방을 얻어 가족이 합치게 되었지요. 그 후에는 조금씩
형편이 나아지기 시작합니다. 1960년 월간 교육평론사에 취직
한 데 이어 1961년 명성여고 교사로 취직해 돌아가실 때까지 재
직하지요.


**맹문재**　신동엽 시인의 등단 얘기를 좀 더 듣고 싶네요. 신동엽 시인은
1959년(30세)에 필명 석림(石林)으로 『조선일보』 신춘문예에 가
작 입선했어요. 입선 작품은 「이야기하는 쟁기꾼의 대지」였지
요. 그런데 투고한 작품이 20행 이상 삭제되었고, 작품의 낱말
들도 바뀐 채 신문에 게재되었어요. 당시의 시대 상황 때문에
일어난 일이라는 것을 신동엽 시인이 이해하고 있었던 것으로
보이는데, 어떤 말씀이 없었는지요?


**신좌섭**　김형수 시인은 이것을 "K-Pop 경연대회에 판소리를 들고 나간
격"이라고 재미있게 표현했던데, 그럴듯한 이야기입니다. 신춘

문예에 그런 장시(長詩)를 내는 사람이 있나요? 신춘문예 발표가 난 후 1월 4일 어머니에게 보낸 편지에 보면 "퍽 섭섭한 게 하나 있소. 내가 보낸 시의 그 모습이 아니구료. 내가 가장 생명을 기울여 엮은 절정을 이루는 시구들이 근 40행이나 삭제돼 있구료. 그리고 내가 정성을 들여 개성을 표현한 낱말 하나하나가 평범한 말로 교환이 돼 있고. 그러나 이것도 그들의 뜻을 나만은 이해될 것 같기에 오히려 감사하고 있으오."라고 쓰고 있어요. 당시 시대적 상황 때문에 어쩔 수 없이 일어난 일이라는 것을 충분히 이해하고 있었다는 말이지요. 그러나 이것이 못내 섭섭했던 것은 틀림없었지요. 그래서 1963년 시집 『아사녀』를 서둘러 내면서 여기에 삭제, 수정되기 전 원래의 시를 실었어요.

「이야기하는 쟁기꾼의 대지」가 신춘문예 심사 과정에서 수모를 당했지만 아버님은 이 시를 무척 아끼셨습니다. 시집 『아사녀』의 3부에 실은 것도 그렇고 어떤 분에게 영문 번역을 의뢰한 일도 있는 것으로 알고 있습니다. 스스로 대표작이라고 생각하셨던 것 같습니다.

**맹문재** 잘 들었습니다. 신동엽 시인은 등단한 해에 맏아들 좌섭도 얻었어요. 집안의 경사가 겹쳤지요. 이듬해에 서울로 올라와 월간 교육평론사에 취직했어요. 그리고 몸담고 있는 출판사에서 『학생혁명시집』을 엮었어요. 그 시집에 당신의 시 「아사녀(阿斯女)」를 수록했어요. 4·19혁명의 의지를 담고 있는 작품인데 다음과 같아요. 교육평론사에 근무할 때의 이야기를 들은 적이 있는

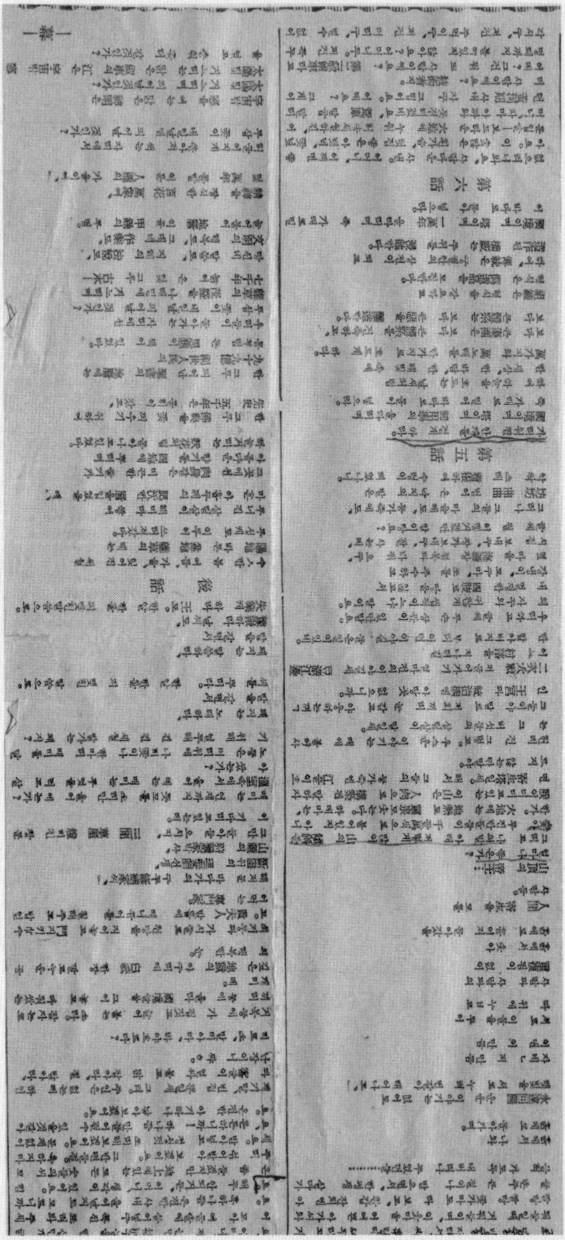

『조선일보』 신춘문예 입선작 「이야기하는 쟁기꾼의 대지」

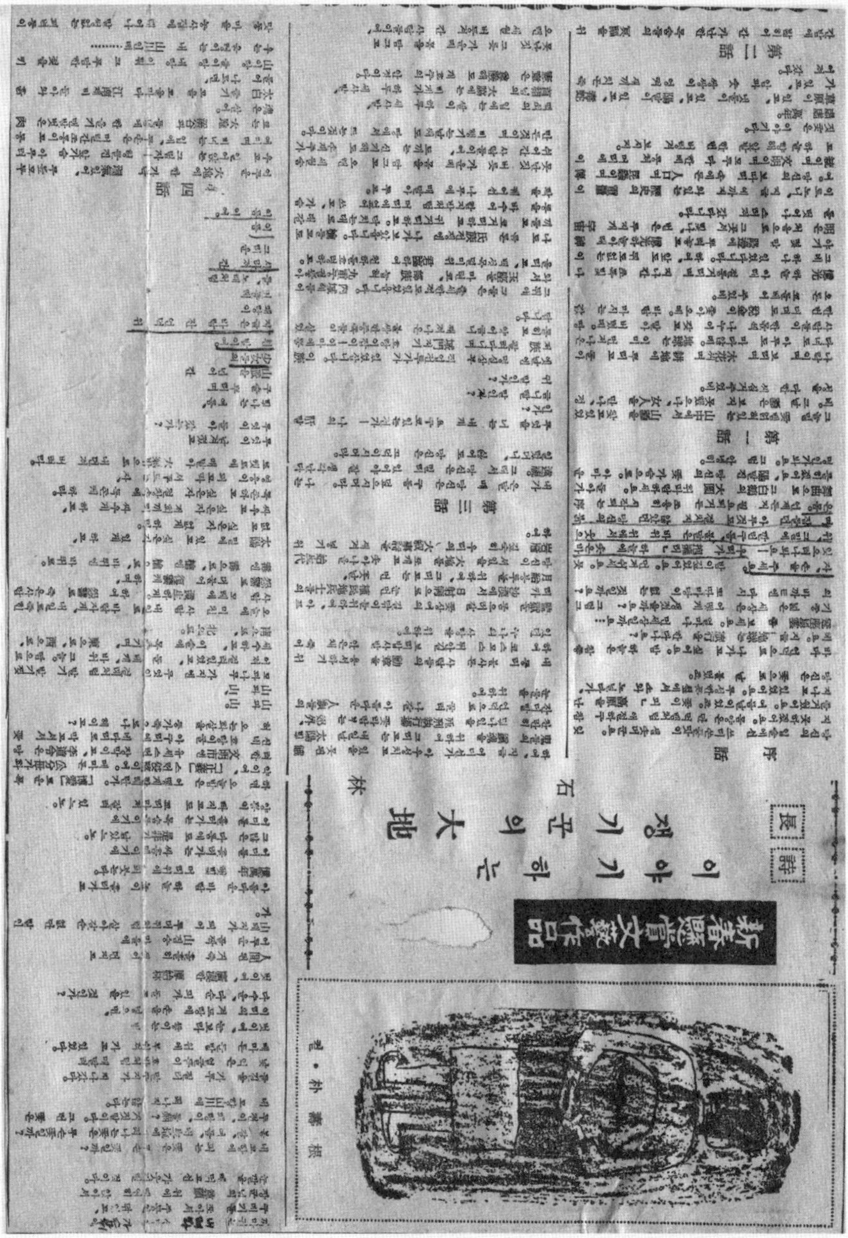

新春懸賞文藝作品

長詩

# 이야기하는 쟁기꾼의 大地

林 石

컷·朴壽根

序話

第一話

第二話

第三話

第四話

지요?

　　모질게도 높은 성(城)돌
　　모질게도 악랄한 채찍
　　모질게도 음흉한 술책으로
　　죄 없는 월급쟁이
　　가난한 백성
　　평화한 마음을 뒤보채어쌓더니

　　산에서 바다
　　읍에서 읍
　　학원(學園)에서 도시, 도시 너머 궁궐 아래.
　　봄 따라 왁자히 피어나는
　　꽃보래
　　돌팔매,

　　젊은 가슴
　　물결에 헐려
　　잔재주 부려쌓던 해늙은 아귀들은
　　그혀 도망쳐 갔구나.

　　－애인의 가슴을 뚫었지?
　　　아니면 조국의 기폭(旗幅)을 쏘았나?
　　　그것도 아니라면, 너의 아들의 학교 가는 눈동자 속에 총알을

박아보았나? -

죽지 않고 살아 있었구나
우리들의 피는 대지와 함께 숨쉬고
우리들의 눈동자는 강물과 함께 빛나 있었구나.

4월 19일, 그것은 우리들의 조상이 우랄 고원에서 풀을 뜯으며
양달진 동남아 하늘 고운 반도에 이주 오던 그날부터 삼한(三韓)
으로 백제로 고려로 흐르던 강물, 아름다운 치마자락 매듭 고운
흰 허리들의 줄기가 3·1의 하늘로 솟았다가 또다시 오늘 우리들
의 눈앞에 솟구쳐 오른 아사달(阿斯達) 아사녀의 몸부림, 빛나는
앙가슴과 물굽이의 찬란한 반항이었다.

물러가라, 그렇게
쥐구멍을 찾으며
검불처럼 흩어져 역사의 하수구 진창 속으로
흘러가버리려마, 너는.
오욕(汚辱)된 권세 저주받을 이름 함께.

어느 누가 막을 것인가
태백 줄기 고을고을마다 봄이 오면 피어나는
진달래·개나리·복사

알제리아 흑인촌에서
카스피해 바닷가의 촌 아가씨 마을에서

아침 맑은 나라 거리와 거리

광화문 앞마당, 효자동 종점에서

노도(怒濤)처럼 일어난 이 새 피 뿜는 불기둥의

항거……

충천하는 자유에의 의지……


길어도 길어도 다함없는 샘물처럼

정의와 울분의 행렬은

억겁(億劫)을 두고 젊음쳐 뒤를 이을지어니


온갖 영광은 햇빛과 함께,

소리치다 쓰러져간 어린 전사(戰士)의

아름다운 손등 위에 퍼부어지어라.

— 「아사녀(阿斯女)」 전문

**신좌섭**　『학생혁명시집』이 나온 것이 4·19혁명 직후인 1960년 7월입
니다. 원래 책 제목은 『혁명기념현상당선(革命記念懸賞當選) 학
생혁명시집』으로 되어 있지요. 부여 문학관에 초판본이 보존되
어 있습니다.

　아버님은 4·19에서 큰 희망을 보셨습니다. "죽지 않고 살아
있었구나/우리들의 피는 대지와 함께 숨쉬고/우리들의 눈동자
는 강물과 함께 빛나 있었구나." 하는 구절에서 그것을 느낄 수
있지요. 저야 한 살 때니까 아무 기억이 없지만, 어머님 말씀에
의하면 4·19 당시 아버님은 매일 온몸에 흙먼지를 잔뜩 뒤집

어쓰고 흥분한 얼굴로 집에 돌아오셨다고 합니다. 저에게도 비슷한 기억이 있는데, 1964년 한일협정 반대투쟁 때였을 것입니다. 흙먼지를 잔뜩 뒤집어쓰고 상기된 얼굴로 동선동 집에 들어오시던 아버님이 기억납니다.

흥미로운 것은 1960년 1월 월간 『교육평론』에 실은 시가 「싱싱한 동자(瞳子)를 위하여」라는 사실입니다. 마치 4월 혁명을 예언하고 있는 것 같은 작품입니다.

도시에 밤은 나리고
벌판과 마을에
피어나는 꽃불

1960년대의 의지 앞에 눈은 나리고
인적 없는 토막(土幕)
강이 흐른다.

맨발로 디디고
대지에 나서라
하품과 질식 탐욕과 횡포

비둘기는 동해 높이 은가루 흩고
고요한 새벽 구릉 이룬 처녀지에
쟁기를 차비하라

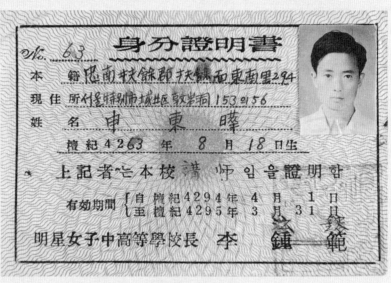

身分證明書

No. 63

本 籍 忠南扶餘郡扶餘面東南里294

現 住 所 서울特別市城北區敦岩洞153의56

姓 名 申 東 曄

檀紀4263 年 8 月 18 日生

上記者는 本校講師 임을 證明함

有効期間 {自 檀紀4294年 4 月 1 日
{至 檀紀4295年 3 月 31 日

明星女子中高等學校長 李 鍾 範

명성여고 교사 신분증

문명 높은 어둠 위에 눈은 나리고
쫓기는 짐승
매어달린 세대(世代)

얼음 뚫고 새 흙 깊이 씨 묻어두자
새봄 오면 강산마다 피어날
칠흑 싱싱한 눈동자를 위하여.

—「싱싱한 동자를 위하여」전문

**맹문재**   시를 읽어보니 놀랍게도 정말 그러하네요. 신동엽 시인은 1961
년(32세) 명성여자고등학교의 교사가 되어요. 작고할 때까지 교
편생활을 하셨는데, 학교생활에 대해서 좀 들려주세요.

**신좌섭**   그 시기는 아버님 일생에서 정착기이자 황금기였습니다. 불교
이념으로 설립된 학교였으니 정서적으로도 어울렸을 것이고,
야간부 교사라서 출근에도 여유가 있었지요. 당시 학교가 종로
구 관수동에 있었는데, 얼마 전 신동엽학회 회원들과 답사를 해
보니 돈암동 집까지 걸어서 퇴근하더라도 1시간 정도밖에 걸리
지 않는 거리입니다. 종로 5가를 거쳐 올 수 있는 경로이기도 하
고요. 오고가는 길의 지명과 흔적이 시에 많이 등장하는 것을
볼 수 있습니다.

  학생들을 가르치는 것을 무척 즐기셨고 학생들도 많이 따랐
던 것으로 기억합니다. 여학생들이 너무 따라서 어머님이 경계
를 할 정도였으니까요. 돌아가신 후에도 몇몇 학생들이 종종 찾

시집 『아사녀』 표지

신동엽 깊이 읽기

아와 서글피 울다가곤 했습니다. 오페레타 〈석가탑〉 출연진도 전부 명성여고 학생들입니다. 학생들과 함께 작업하는 것을 무척 즐기셨지요.

**맹문재** 신동엽 시인의 학교생활이 눈에 선하네요. 신동엽 시인은 1963년(34세)에 시집 『아사녀』(문학사)를 간행해요. 경제적으로 여유가 없는 데다가 등단한 지 이른 시기에 간행한 셈이지요. 어떤 계기가 있었는지요?

**신좌섭** 『아사녀』 마지막에 사족(蛇足)을 보면 "제3부의 장시 「이야기하는 쟁기꾼의 대지」는 1959년도 1월 3일자 『조선일보』에 신춘현상문예작품이라는 제목으로 발표되었던 작품이다. 당시 이 시는 심사위원들 사이에 그리고 신문사 측과의 사이에 이른바 어려운 문제가 개재되어 있었다는 이야기로, 지상에 나타날 때 군데군데 20수행(數行)이 삭제되어 있었다. 여기 그것을 보완했다."고 쓰여 있습니다. 이것을 보면 일차적인 목표는 「이야기하는 쟁기꾼의 대지」를 원래 모습으로 보여주려는 데에 있었겠지요. 이어서 "제2부는 정착생활을 하는 동안에 씌어진 작품들 가운데서 손에 닿는 대로 몇 개 추려보았다. 단 「나의 나」만은 스무 살 때의 것. 방랑 생활, 군대 생활을 포함하는 나의 어려웠던 서른 살 고비가 낳아놓은 것 가운데 이것도 아쉬움을 참고 몇 편만 골라 옮겨 쓰면서 제1부라 했다."라고 하여 시기별로 대표적인 시 몇 편을 추가했음을 밝히고 있습니다. 등단작까지 왜곡

되어 있는 데다가 자신을 적절히 알릴 기회가 없는 것을 안타까워하셨던 것 같습니다.

총 123쪽에 하드커버로 되어 있는데, 제자(題字)와 장정(裝幀)이 좀 독특합니다. 제자는 박태준(朴泰俊), 장정은 어머니 인병선(印炳善)으로 되어 있어요. 얼핏 기억에는 출간을 외할머니가 도와주지 않았을까 싶습니다.

**맹문재** 1966년(37세) 시극 〈그 입술에 파인 그늘〉(최일수 연출)을 국립극장에서 상연했어요. 그 상황에 대한 소개를 좀 부탁해요.

**신좌섭** 1966년 2월 26~27일 국립극장에서 시극동인회(詩劇同人會) 제2회 공연이 열립니다. 동인회는 그때 세 편의 창작극을 공연했는데, 그중 하나가 〈그 입술에 파인 그늘〉이었지요. 당시 기사를 보면 화려해요. 신동엽 작, 최일수(崔一秀) 연출에 주요 배역으로는 최불암(崔佛岩, 남자 주인공), 김애리사(金愛利士, 여자 주인공), 최현(崔賢), 문오장(文五長) 등이 등장합니다. 쟁쟁한 인물들이지요.

당시 공연 팸플릿에 실린 '작가의 말'을 보면 무척 흥미로운 사실을 알 수 있습니다. "몇 해 전 「진달래 산천」이라는 서경적(敍景的)인 시를 쓰면서 시극(詩劇)을 생각해보았다. 이따금 국내에서 공연되는 연극을 보면서도 시극을 동경하게 되었다. 발레를 보면서도 시극을, 합창을 들으면서도 그리고 교향곡을 들으면서도 점점 구체화되어가는 시극에 대한 갈망을 억누를 길이 없었다. … 지금 내가 써가고 싶은 시극은 나의 필요에 의해서 새로이 등장하는 문학 형태상의 또 다른 새 장르여야 할 것이다."

시극에 큰 애정을 가지고 그것을 통해 새로운 장르를 개척하겠다는 포부를 피력하고 있는 것입니다. 당시 시극동인회 조직을 보면 아버님이 사무간사와 기획위원을 맡고 계셨습니다. 〈그 입술에 파인 그늘〉의 연출을 맡았던 최일수 선생님은 아버님과 함께 기획위원으로 되어 있고요. 많은 열정을 할애한 것이지요.

1998년 8월 세종문화회관 대극장에서 가극 〈금강〉의 초연(문호근 연출)이 있었는데, 그때 '아! 아버님이 저런 것을 하고 싶었겠구나.' 하는 생각을 한 적이 있습니다. 아마 그랬을 거예요. 젊어서부터 기타도 잘 치셨고 노래도 아주 잘 부르셨던 것은 감안하지 않더라도 위 글만으로도 짐작할 수 있을 것입니다.

**맹문재** 신동엽 시인의 음악적인 재능도 알게 되었네요. 신동엽 시인은 1967년(38세) 12월 장편서사시 「금강」을 『한국현대신작전집』(을유문화사) 제5권에 발표했어요. 이 상황에 대해서 듣고 싶네요.

**신좌섭** 1967년 국제PEN클럽 작가 기금 지원을 받았습니다. 그해 가을 원고를 마무리하기 위해 동선동 집 근처 여관방을 구해 일정 기간 나가 계셨던 것이 기억이 납니다. 아이들이 셋이었으니 집에서 대작을 쓴다는 것이 불가능한 일이었겠지요.

물론 작품의 토대는 그보다 한참 전에 이루어진 것으로 보아야 할 것입니다. 1951년 충남 일대의 백제 사적지와 동학농민전쟁의 자취들을 두루 답사한 것으로 기록되어 있는데 이것이 밑

作家의 말⇨ 벌써전 〈진달래山川〉이라는 拙劣의 긴 詩를 쓰면서 詩劇을 생각해 보았다. 이마금 國內에서 公演되는 詩劇을 보면서도 詩劇을 憧憬하게 되었다. 발레를 보면서도 詩舞을 슴作을을 들으면서도 그리고 交響曲을 들으면서도 점점 具象化해 가는 詩에 대한 閑談을 억누를 길이 있었다. 뿐만아니라 一般劇의 舞臺裝置를 보면서도 詩劇의 舞臺裝置만이 카릴수 있는, 가져야 할 보다 次元 높은 이머지를 恣求하게 되었다.

그러니까 흔히 오해되듯이 詩劇이란 韻文으로 쓴 劇이 아니다. 韻文으로 쓴 劇은 韻文劇이지 詩劇은 아니다. 지금 내가 써 가고 싶은 詩劇은 나의 必要에 의해서 새로이 등장하는 文學型態로서 또다른 씨 장르이어야 할 것이다.

「그 입술에 파인 그늘」은 지난 2月號〈詩文學誌〉에 끝音表한 것이지만 쓰여진 것은 훨씬 전인 63年度였었다. 많은 不滿은 많다. 그러나 硏究公演이라는 점에서 期待를 가지고있다.

## 詩劇 그 입술에 파인 그늘

申　東　曄　作
崔　一　秀　演出

### 스탭

| | |
|---|---|
| 무대감독 | 黃　輝 |
| 안　무 | 林聖男 |
| 발　레 | 林聖男발레團 |
| 음　악 | 金宗三 |
| 미　술 | 金永熹 |
| 조　명 | 高天山 |
| 효　과 | 孔聖源 |
| 조연출 | 朴泳瑞 |

### 캬스트

| | |
|---|---|
| 부상병〈남자〉 | 崔佛岩 |
| 부상병〈여자〉 | 金愛利士 |
| 노　인 | 崔賢 |
| 코러스 | 文五長 |

⇨줄거리⇨ 소속불명의 두 패잔병이 산속에서 만났다. 하나는 남자, 하나는 여자.
그들은 서로 조금 전까지 싸워온 처지일 다는 것을 의식하기 전에 원시적인 이욕을 느낀다. 그러나 간간이 들려오는 포소리는 그들의 마음에 새로운 갈등을 불러 일으킨다.

서로 떨어져 자기 소속부대를 찾아가려 하나 뜻을 이루지 못한다. 그들은 총을 도 끼굴속에 묻고 모자를 벗어던진다. 정하가 오면 총을 녹여서 호미를 몸들냐고 말하면 서 자기들의 사랑을 가꾸기 위해 동물로가 야 한다. 그러나 소속모를 미행거의 사격에 의해 쓸어진다.

演出者의 말⇨ 지난 第一回 詩劇公演에서는 舞臺의 詩的零圍氣를 造成하는데 있었습니다 이번 第二回 公演을 그보다 한겹을 앞서서 演劇〈散文劇〉과 詩劇과의 差質點을 明示하는에 注力하여 이作品을 다루었읍니다. 그럼으로 때로 혹便의 詩劇처럼 韻文에 대한 바램보다 하는 것이 아니라 우리나라 自詩가 지닌 독특 한 內在律에 集點을 두고 內在律을 바탕에서 보다도 呀哦와 「이미지」를 舞臺化하여 重力을 두었읍니다. 그것은 形式主義的 詩劇보다는 內容과 形式이 合一되 그러한 狀況設定의에서 이제것 試圖하지 않았던 새로운 綜合藝衛의 廣場을 意慾한 때문입니다.

이 作品의 演出 「테마」는 同一한 鐵生에서 相反된 方向으로 超轉하고 있는 巨大한 「둘」과 現代의 怪物로서 클릅되어 있는에 이 怪物은 相反된 틈에서 살고 있는 人間을 驅逐하여 敵爭的 手段으로 相對方의 超體을 停止시키려 하는데 相對된 人間들은 서로 憎惡하고 支配하려면서도 平和를 呼訴하는 데 힘을집니다. 그러므로 이 呀哦를 얼마만큼 能遭하느냐 하는데 있읍니다. 여기에 配置의 두 人間이 마치 안거리의 나비가 한便거 꽃위에 앉아서 「비전」을 創造라는 對話를 통하여 「이미지」됩니다. 그러나 怪物은 부끄럽도 이를 쳇않아 버립니다. 그리고 오늘의 悲劇에의〈結論〉을 양쪽에 심어보는 老人과 宇宙의的 觀點에서 이를 批判하는 「코러스」가 動員됩니다. 또한 여기에 舞踊〈발레〉과 合唱과 音樂과 照明과 裝置이 綜合된 廣場에서 大圓圈을 이무며 새로운 大次로 創造되게 되는 것입니다.

— 5 —

시극 〈그 입술에 파인 그늘〉

# 서사시 '금강' 가극무대 오른다

## 연극·음악·미술·영화 등 각분야 민족예술인 대거참여
## '민족가극' 개념 예술양식 정착 기대…신인배우도 모집

신동엽 시인의 대서사시 〈금강〉이 가극으로 무대에 오른다.

한국민족예술인총연합 산하 가극단 '금강'(단장 문호근)이 동학농민전쟁 1백돌을 기념해 8월14일부터 17일까지 세종문화회관 대강당에서 막을 올리게 될 〈금강〉은 '민족가극'의 한 전형을 제시해 줄 것으로 벌써부터 기대를 모으고 있다.

이 공연을 위해 창단된 가극단 '금강'에는 연출 문호근, 작곡 강준일·이건용·김철호·조남혁·이건희·이충재, 대본 문호근·김봉석·정용후·원창연 등 민족음악인들이 대거 참여하고 있다.

또 지휘자 나윤수, 성악가 박수길·김신자·정은숙, 국악인 김철호, 평론가 김춘미·박용구씨 등 중견음악인들이 지도위원을 맡고 있다.

배우들의 연기지도는 텔레비전 프로그램 〈그것이 알고 싶다〉의 문성근씨와 영화 〈서편제〉의 김명곤씨가 맡는다.

'금강'에는 음악뿐 아니라 거의 모든 장르의 민족예술인들이 참여하고 있다. 민예총 이사장이자 문학평론가인 염무웅, 시인 신경림, 화가 강연균·김달성씨 등이 고문을 맡았고, 영화감독 정지영, 체희완 교수, 화가 신학철씨 등이 지도위원을 맡아 민족예술인들의 역량이 모두 한자리에 모인 셈이다.

가극단 '금강'은 이번 공연을 지금까지 민족음악진영에서 이론적 수준에서만 논의돼왔던 '민족가극'이라는 개념을 실제적인 예술양식으로 정착시키는 계기로 삼을 참이다.

'금강'은 민족가극을 민족적 정서를 탁월하게 체현하고 전통을 현재에 맞게 계승하는, 민족적이고 대중적인 예술공연양식이라고 정의한다. '금강'은 또 이런 개념이 완결된 것이 아니라 구체적인 작업들을 통해 끊임없이 보완될 것이라고 밝히고 있다.

가극 〈금강〉은 신동엽 시인의 서사시에 등장하는 역사의 무대를 현재화시켜, 갑오년 당시의 서정과 혁명을 주축으로 하늬와 진아라는 두 인물을 비롯해 당시 민중들의 삶 속에 내재한 역사를 진실하게 담아낸다.

극단 '금강'은 극본과 작곡이 아직 완성된 것은 아니지만 기본 얼개는 이미 짜놓았으며 이제 이 역사적인 공연에 직접 참여할 배우들을 모집하고 있다.

가극배우와 제작(미술·음향·조명·의상), 조연출, 무대감독, 작곡 등 창작제작부문으로 나누어 모집한다.

창작제작부문은 서류전형과 면접으로 심사하게 되고 가극배우는 실기 오디션에 합격해야 한다.

배우는 성악전공자와 비전공자로 나눠 선발하게 되는데 성악전공자는 자유곡 1곡과 오페라 아리아 1곡씩, 비전공자는 한국가곡 1곡과 자유곡 1곡으로 오디션하게 된다.

춤·연기분야는 상황연기 3분, 자유곡 1곡으로 심사를 받는다.

오디션은 오는 6~7일 이틀간 치르고 원서접수는 그날까지 가능하다.

오디션에 합격하면 14일부터 5일씩 6주간 실시되는 〈금강〉을 위한 음악극학교를 수강해야 한다. 문의 571-6167~9.

김정곤 기자

가극 〈금강〉 공연에 대한 한겨레신문 기사

신동엽 시인의 대서사시 〈금강〉. 왼쪽은 신동엽 시인

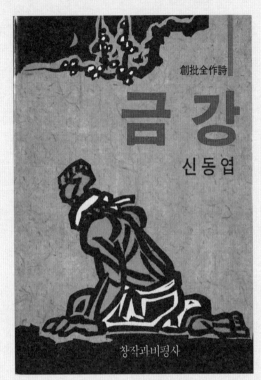

『금강』 표지

│ 신동엽 깊이 읽기

거름이 되었겠지요. 전쟁 중에 어디를 돌아다녔냐고 생각하시겠지만, 전쟁 속의 인간과 고통을 눈과 가슴에 담고 싶었을 것입니다. 체 게바라가 모터사이클을 타고 세상을 돌아다니면서 민중의 고통과 혁명의식에 눈을 떴던 것처럼 사고의 틀이 정립된 때가 바로 그 시기, 시집 『아사녀』의 사족에서 말한 '방랑 생활기'였던 것으로 보입니다.

아버님은 1950년 7월~9월 인공 치하에서 민주청년동맹 선전부장을 지냈고 인민군이 퇴각하자 지리산으로 들어가는 빨치산 대오에 합류합니다. 그러나 어떤 이유에서인지 한두 달 뒤 대오를 이탈해서 국민방위군에 들어가지요. 1951년 초 국민방위군이 해산되자 다시 대구, 밀양 등을 전전하다가 그해 4월경 부여로 돌아옵니다. 그러나 전쟁 중의 행적 때문에 린치를 당하고 한동안 대전에 거주하면서 백제와 동학의 역사적인 장소들을 두루 답사하는 기회를 갖게 됩니다. 아마도 그 시기의 방랑이 민족의 현실을 통찰하고 동학사상의 현장성을 이해하는 데 큰 도움이 되었을 뿐 아니라 서사시 「금강」 집필의 중요한 토대가 되었을 것입니다.

국제PEN클럽 작가 기금의 지원을 받아 「금강」을 집필하셨는데, 이것이 훗날 창작과비평사와 우리 가족이 함께 신동엽창작기금을 만드는 계기가 되었습니다. 이미 성취를 한 사람에게 문학상을 주는 것보다 가능성이 있는 사람에게 기금을 주어 좋은 작품이 나오도록 한다는 발상이었지요.

**맹문재**　장편서사시 「금강」의 창작 과정을 잘 들었습니다. 이 작품은 한국 시문학사에서 기념비적인 것이지요. 이 작품의 의미를 어떻게 생각하시는지요?

**신좌섭**　시 자체의 크기나 무게도 그렇지만 담겨 있는 역사의식이 중요하다고 생각합니다. 사실 사학과를 다니신 것도 이 같은 지향성 때문이었겠지요. 「금강」을 발표한 직후 한 신문과의 인터뷰에서 "동학(東學)을 소재로 한 장시를 엮어보리라는 첫 생각은 4·19 봉기에서 느낀 민중의 연상(聯想)"이었는데, "이것을 어떻게 민중에게 되돌려 읽히게 하는가"를 고민한 끝에 "시종 생활어를 구사하면서 스토리를 교향시극(交響詩劇)처럼 엮어나갔다."고 이야기하고 있습니다. 문자 그대로 생활어로 쓰인 서사시 「금강」, 시극 〈그 입술에 파인 그늘〉, 오페레타 〈석가탑〉, 동양라디오의 〈내 마음 끝까지〉 방송 대본 등을 보면 아버님의 궁극적인 지향점을 읽어낼 수 있을 것입니다.

　돌아가시기 전에 또 다른 서사시 「임진강」을 구상 중이었다고 하는데, 아마도 남북 문제를 정면으로 다루는 서사시였을 것으로 짐작합니다. 「임진강」을 남기셨으면 더 좋았을 텐데 아쉽고 안타까운 일이에요.

**맹문재**　또 다른 서사시 「임진강」에 대한 말씀을 들으니 정말 아쉽네요. 신동엽 시인은 1968년(39세) 5월 오페레타 〈석가탑〉(백병동 작곡)을 드라마센터에서 상연했어요. 극(劇) 장르 등 다양한 분야에 관심이 많았던 것을 알 수 있네요.

신좌섭　오페레타 〈석가탑〉은 드라마센터에서 상연되었는데, 대본 신동엽, 작곡 백병동, 주최 명성여자중고등학교, 협연 공군교향악단, 연출 문오장, 지휘 임주택으로 되어 있습니다. 출연진은 모두 명성여고 학생들이고요.

　　아버님의 창작 폭은 서정시, 장시, 산문시, 서사시, 오페레타, 시극 등으로 넓었습니다. 1967년에 쓰신 라디오 방송 대본 〈내 마음 끝까지〉도 있지요. 좀 더 사셨으면 더 많은 실험을 하셨을 것입니다. 아마도 아버님은 시와 노래, 춤이 어우러진 수십, 수백의 사람들이 출연하는 집체극을 하셨을 거예요.

맹문재　1968년 김수영 시인이 타계해 신동엽 시인이 『한국일보』에 「지맥 속의 분수」라는 조사를 썼어요. 조사에서 김수영 시인의 타계를 두고 "어두운 시대의 위대한 증인을 잃었"고 "민족의 손실"이라며 슬퍼했어요. 또한 "신 형, 사실 말이지 문학하는 우리들이 궁극적으로 무슨 무슨 주의의 노예가 될 순 없는 게 아니겠소?"라는 김수영 시인의 말을 인용했어요.

　　신동엽 시인은 1967년 『중앙일보』에 월평을 쓰면서 김수영 시인의 시 「꽃잎」(7월)과 「여름밤」(9월)을 논지의 본보기로 내세우고도 있어요. 1968년 『창작과비평』에 시 작품 「보리밭」 「여름 이야기」 「술을 많이 마시고 잔 어젯밤은」 「그 사람에게」 「고향」 등도 발표해요. 언젠가 김현경 여사님께서 해주신 말씀에

신동엽 시인 생가

신동엽문학관

따르면 김수영 시인이 추천하셨다고 하셨어요. 이와 같은 면을 보면 두 분 사이에 친교가 있었던 것 같은데, 들은 바가 있는지요?

**신좌섭** 염무웅 선생님 말씀을 들으면 1966년 『창작과비평』 발간 초기에는 시를 싣지 않았다고 해요. 그러다가 1967년부터 싣기 시작했는데, 그때 김수영 시인에게 추천을 요청하자 아버님을 추천했다고 들었습니다. 김수영 시인의 부인 김현경 여사 말씀에 따르면 실제로 김수영 시인이 1960년대 초반 아버님의 시를 보고 크게 기뻐서 흥분한 일이 있었다고 합니다. 「향아」였을 것입니다. 김수영 시인이 아버님의 작품 「아니오」에 대해서 "강인한 참여 의식이 깔려 있고, 시적 경제를 할 줄 아는 기술이 숨어 있고, 세계적 발언을 할 줄 아는 지성이 숨 쉬고 있고, 죽음의 음악이 울리고 있다."고 평한 것을 기억하지요.

　아버님도 한 시평에서 "김수영 씨의 「꽃잎」을 읽으면서 한국의 하늘 아래 맑게 틔어 올라간 한 그루의 정신인(精神人)을 보았다. 그의 마음의 창문은 따로 있는 게 아니라 온몸 전체가 그대로 삼베 적삼처럼 시원스럽게 열려 있는 소통로(疏通路)이다. (중략) 깊고 높은 진폭은 우리들을 놀라게 하고 가슴 트이게 만든다."(「7월의 문단 — 공예품 같은 현대시」)라고 쓰셨지요.

　김수영 시인이 1921년생이니까 아홉 살 차이였고 서로를 깊이 존중했다고 하지만 그리 자주 만난 사이는 아니었던 것 같습니다. 정서나 스타일이 많이 다르지 않아요?

**맹문재** 두 분의 관계를 좀 더 살펴봐야겠네요. 신동엽 시인은 1969년 4월 7일(40세) 젊은 나이에 간암으로 타계합니다. 자택 주소는 서울시 동선동 5가 46번지이고, 묘지는 경기도 파주군 금촌읍 월룡산 기슭이네요. 아버님께서 돌아가셔서 매우 놀랐고 슬펐겠지요. 벌써 50년 전의 일인데, 그때의 상황을 들을 수 있을까요?

**신좌섭** 동선동 5가 45번지일 거예요. 구중서 선생님의 회고를 보면 소설가 하근찬 선생님이 조사를 했습니다. "당신의 무덤은 어느 산기슭에 있는 것이 아니라 우리의 가슴속에 있는 것이다."라는 내용의 조사를 하신 것으로 기록하고 계십니다.

　또 유해가 집 대문을 나설 때 명성여고 학생들이 "여행을 떠나듯/우리들은 인생을 떠난다./이미 끝난 것은/아무렇지도 않다//지금,/이 시간의 물결 위/잠 못들어/뒤채이고 있는/병 앓고 있는 사람들의/그 아픔만이/절대한 거"라는 아버님의 시 구절을 목메면서 읽어 올렸다고 해요. 당시 저는 열 살 때라서 그저 분위기만 기억하고 있지요. 파주 묘소에 아버님을 묻고 돌아오던 황톳길의 스산함이 아직도 생생하게 기억에 남아 있기는 합니다.

**맹문재** 신동엽 시인에 대한 귀한 이야기를 잘 들었습니다. 좀 더 알고 싶은 이야기들은 다음 기회에 또 듣기로 하겠습니다.

(『푸른사상』 2019년 여름호, 104~122쪽)

# 제2부

# 시 세계

# 시 세계

맹문재 『신동엽 시전집』에 수록된 시들을 차례대로 살펴보려고 하는데, 그 우선이 「진달래 산천」이네요. 이 작품의 제2연에는 "잔디밭엔 장총(長銃)을 버려 던진 채/당신은/잠이 들었죠." 같은 표현이 나와 눈길을 끄는데, 신동엽 시인의 체험이 반영된 것으로 보이네요. 그 상황에 대해 말씀해주실 수 있는지요.

신좌섭 「진달래 산천」은 아버님의 시 세계에서 매우 중요한 의미를 갖는 작품입니다. 1959년 『조선일보』 신춘문예를 통해 등단하고 석 달 뒤인 3월 24일 같은 신문에 처음 발표한 시입니다. 그만큼 작가 스스로 특별한 의미를 부여했다는 말입니다. 1959년에 등단작 「이야기하는 쟁기꾼의 대지」 외에 『조선일보』에 발표한 시는 「진달래 산천」과 「향(香)아」 두 편뿐입니다.

생전에 스스로 기획하여 펴낸 시집 『아사녀』에도 「진달래 산천」을 첫 번째로 실었지요. 『아사녀』의 발문에 해당하는 「사족 (蛇足)」에 「진달래 산천」은 "방랑 생활, 군대 생활을 포함하는 어려웠던 서른 살 고비가 낳아놓은 것" 가운데 하나라고 밝혀, "20대 방랑기"의 체험이 반영된 것임을 알 수 있습니다. 아버님 의 시들을 보면 많은 작품들이 10~20대 젊은 시절 노트 단계에 서 이미 구상되었던 것들인데, 「진달래 산천」도 그중의 한 편이 지요.

이 시에 나오는 "기다림에 지친 사람들은/산으로 갔어요" 같 은 구절들이 빨치산을 연상시킨다고 해서 '불순한 사상'의 근 거로 종종 지목되었지요. 해석 여하에 따라 달라질 수는 있겠지 만, 당초 빨치산을 표현한 것임은 사람들의 짐작과 다르지 않을 것입니다. 1959년 봄 이 시를 처음 발표했을 때, 논란도 많았고 지인들이 걱정을 많이 했던 것으로 알고 있습니다. 아직 생존해 계시는 한 지인의 회고에 따르면 이 시를 발표한 얼마 뒤 무교 동에서 아버님을 만나 "그 시 빨치산 이야기 아니냐?"고 물으 니 아무런 대답을 하지 않으면서 얼굴만 짙게 붉히고 연거푸 술 을 드셨다고 합니다.

작년 봄 50주기를 맞아 창비에서 발간한 『신동엽 산문전집』 에는 오랜 친구 노문 선생님이 쓰신 「석림 신동엽 실전(失傳) 연 보」가 실려 있는데, 20대 초반 한국전쟁을 전후한 아버님의 삶 을 회고하는 이야기들이 나옵니다.

이 회고담과 여러 사실들을 근거로 당시 상황을 재구성해보 면 1950년 7월 10일경부터 9월 하순경까지 고향 부여의 인공(人

共) 치하에서 민주청년동맹 선전부장을 지낸 연유로 10월경 부여군 인민위원회를 따라 지리산으로 입산하는 빨치산 대열에 합류했던 시기, 그리고 뒤이어 국민방위군에 몸담았던 시기, 국민방위군이 해산된 이후에도 인공 치하의 행적 때문에 고향으로 돌아갈 수 없어 남도를 떠돌던 시기에 두 눈으로 목도한 전쟁의 체험과 상처가 「진달래 산천」에 담겨 있는 것으로 보입니다.

1951년 11월 10일에 쓴 시 「만약 내가 죽게 된다면」을 보면 전쟁 체험이 아버님의 시 세계에 남긴 흔적을 명징하게 읽을 수 있습니다. "잔잔한 바다와 준험한 산맥과 들으라/나의 벗들이여/마지막 하는 내 생명의 율동을"로 시작하여 한국전쟁의 경험을 생생한 이미지로 묘사한 후 "들으라 잊지 못할 나의 벗들이여/나를 추모하는 뭇 벗들이여/나 대신 그대들의 정열은 갓난 아들 조국에 바치라!/이것만이 내 생명의 율동이 요구하는 벗들에 향하는/마지막 바람이어라."로 끝맺는 이 시는 자신의 죽음을 앞두고 벗들에게 남기는 유언의 형식을 취하고 있지만, 동시에 참혹한 전쟁 속에 고통받고 죽어간 벗들의 비극을 노래하는 삶을 살아가겠다는 결의로도 읽힙니다.

앞의 「실전 연보」에서 노문 선생님은 아버님이 빨치산 대열을 이탈한 배경을 알 수 없다고 쓰셨는데, 당시 빨치산 생존자인 한 인물의 회고에 의하면 부여 출신의, 눈에 띄는 비상한 젊은이가 대열에 섞여 있어 주위 사람들이 자네는 살아남아 이 이야기를 후세에 전해야 하지 않겠느냐고 권했다고도 합니다. 어디까지 사실인지는 알 수 없으나 당시 정황을 보면 개연성이 있지요. 「만약 내가 죽게 된다면」의 내가 '살아남아' 죽어간 벗들을 노래하게 된 것입니다. 이런 측면에서 본다면 「진달래 산천」은 전장에서 쓸쓸하게 죽어간 영혼들을 위한 진혼곡 정도가 될 것입니다. 사실 저는 「산에 언덕에」도 그 연장선상에 있는 시라고 생각합니다.

아버님은 등산을 무척 좋아하셨는데, 산과 들의 풍경 중에도 이른 봄 바위틈을 비집고 나와 선홍빛 꽃을 피우는 진달래를 특히 사랑하셨지요.

**맹문재** 아주 구체적이면서도 정확하게 설명해주셨네요. 「진달래 산천」에 "장총" "탄환" "기관포" 등의 시어가 쓰였듯이 신동엽 시인의 작품들에는 무기나 군사 용어들이 많이 사용되고 있어요. 가령 "정전 지구(停戰地區)"(「새로 열리는 땅」), "탱크 부대" "이국 병사" "초병(哨兵)"(「풍경」), "전사(戰士)" "총알"(「아사녀」), "전지(戰地)"(「그 가을」), "전쟁" "탄피"(「아사녀의 울리는 축고(祝鼓)」), "폭탄"(「이곳은」), "총알"(「주린 땅의 지도(指導) 원리」), "총" "판문점"(「진이(眞伊)의 체온」), "군화" "신무기" "전쟁"(「발」), "총부리" "탱크" "총칼"(「술을 많이 마시고 잔 어젯밤은」), "제트 편대"(「여름 이야기」), "총" "미사일 기지" "탱크 기지"(「산문시 1」), "총" "대포"(「조국」), "철조망" "지뢰"(「새해 새 아침」), "철조망" "총"(「왜 쏘아」), "전쟁" "비행기"(「불바다」), "전지"(「둥구나무」), "전장" "탄도"(「여자의 삶」) 등에 나오지요. 신동엽 시인이 어떤 의도로 사용한 것인지, 아니면 무의식적으로 표출된 것인지 궁금하네요.

**신좌섭**　앞에서 살펴보았듯이 젊은 시절 온몸으로 겪은 전쟁 체험은 시 세계에 뿌리 깊은 영향을 미쳤습니다. 사실 아버님의 시 세계는 전쟁과 죽음 없이는 상상하기 힘들다고 생각합니다. 그런데 전장의 도구들은 우리 모두와 다르지 않은 사연을 품은, 처절한, 그러나 아름다운, 가련한 삶과 끊임없이 대비를 이루고 있습니다.

「진달래 산천」만 보더라도 "남햇가,/두고 온 마을에선/언제인가, 눈먼 식구들이/굶고 있다고 담배를 말며/당신은 쓸쓸히 웃었지요.//지까다비 속에 든 누군가의/발목을/과수원 모래밭에선 보고 왔어요.//꽃 살이 튀는 산허리를 무너/온종일/탄환을 퍼부었지요.//길가엔 진달래 몇 뿌리/꽃 펴 있고,/바위 그늘 밑엔/얼굴 고운 사람 하나/서늘히 잠들어 있었어요//꽃다운 산골 비행기가/지나다/기관포 쏟아놓고 가버리더군요." 라고 해서 '찢겨진 발목, 서늘히 잠든 얼굴 고운 사람, 꽃다운 산골'과 '탄환, 비행기, 기관포'가 대비를 이루고 있지요.

그러나 이 같은 대비는 감정 표출 없이 그저 담담한 풍경으로 제시됩니다. 전장의 도구들에 대한 분노나 증오는 절제되어 있습니다. '탄환, 비행기, 기관포, 철조망' 그 자체는 인격이나 의지를 갖고 있는 것이 아니고, 어떤 목적을 갖고 있는 것도 아니니까요. 그저 눈먼 탄환, 맹목의 비행기, 무심한 철조망일 뿐입니다. 인격이나 의지를 갖고 있는 것은 그것들을 구조적으로 생산하고 유통하고 사용하는 인간과 사회체제인 것이지요.

전장의 도구들은 「풍경」에서 세계적인 차원으로 조명됩니다. "흰 구름, 하늘/제트 수송편대가/해협을 건너면,/빨래 널린 마을/맨발 벗은 아해들은/쏟아져 나와 구경을 하고//동방으로 가는/부우연 수송로 가엔,/깡통 주막집이 문을 열고/대낮, 말 같은 촌색시들을/팔고 있을 것이다.//어제도 오늘,/동방대륙에서/서방대륙에로/산과 사막을 뚫어/굵은 송유관은/달리고 있다."에서와 같이 '탱크 부대, 이국 병사, 초병'과 '수송편대, 수송로, 송유관'을 통한 식민지 침탈의 광경을 그려내고 있지요. 그러나 여기서도 풍경은 담담한 어조로 묘사되고, 이에 대비되는 식민지 민중의 삶 역시 '맨발 벗은 아해', '깡통 주막집', '말 같은 촌색시'처럼 비참하지만, 순진무구하고 천연덕스러운 모습으로 나타납니다.

무기나 전장을 지목하는 시어들은 아버님이 시에서 지향하는 본연의 상태, 즉 원수성, 귀수성 세계에 대비되는 차수성 세계를 상징하는 것들이라고 볼 수 있을 것입니다. 전장의 도구들은 전장의 흔적과 무자비한 폭력을 상징하지만, 이것들을 바라보는 시인의 눈은 멀리 떨어져 객관화되어 있습니다. 도구들 그 자체는 죄가 없고 따라서 증오의 대상도 아니지요.

시극 〈그 입술에 파인 그늘〉에서도 여주인공이 진달래 뿌리 밑에서 주운 기관포 탄환을 놓고 탄환의 '불쌍한 표정', '좌절된 의지', '쇠붙이들의 의지'를 이야기하지요. 여주인공은 총알을 입술 가에 대고 지그시 눌러 아름답고 귀여운 '그 입술에 파인 그늘'을 만듭니다. 애틋한 보조개인가요? 총탄이든, 기관포든, 비행기든 쇠붙이에는 의지가 없습니다. 역시 〈그 입술에 파인 그늘〉에서 남주인공이 소총을 가지고 '호미 두 자루를 만들겠다'는 계획을 말하는 데에서도 똑같은 쇠붙이지만 어디에 쓸 무엇을 만드는가에 따라 그 의미가 달라진다는 관점을 표출하고 있습니다.

〈그 입술에 파인 그늘〉이 초연되던 1966년 전후해서, 그 내용 일부를 다듬어서 작성한 방송 시극의 제목도 〈불쌍한 납덩어리〉입니다. 시극에서 남주인공이 말하지요. "이 쇠알! 실패한 쇠알! 어데서 건너왔을까! 누구의 예쁜 손매듭이 만든 쇠알일까! 무엇하러… 이 깊은 산중 이 진달래 뿌리 밑까지 보내어졌을까! 그래요… 누구의 예쁜 얼굴이 어느 날 이걸 만들고 있었을까요…." 여기서 총알도 아무런 의지가 없는, 그래서 '불쌍한' 납덩어리이고 그걸 만든 것도 '누구의 예쁜 얼굴'이지요. 문제는 그것을 만들도록 한 체제이고 구조일 뿐 만든 것은 예쁜 얼굴, 예쁜 손입니다. 요컨대 시에서 끊임없이 등장하는 전장의 도구들은 그것들에 의해 파괴되어가는 인간의 '어여쁜' 삶을 더욱 선명하게 부각시키고 있는 것으로 보입니다.

**맹문재** 전장의 도구는 그것을 만든 체제와 구조의 문제가 본질적이라는 지적은 참으로 예리하네요. 「아사녀」에서는 아사녀를 4·19 혁명 및 3·1운동의 상황과 관계된 인물로 그리고 있습니다. 제

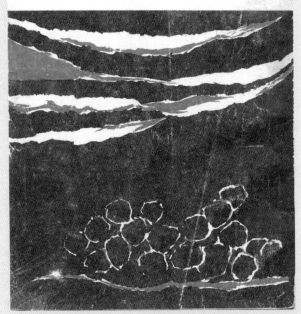

『학생혁명시집』

1~2연을 보면 아사녀를 "모질게도 높은 성(城)돌/모질게도 악
랄한 채찍/모질게도 음흉한 술책으로/죄 없는 월급쟁이/가난한
백성"의 인물로 설정하고 있지요. 이 작품은 1960년 교육평론
사에서 간행한 『학생혁명시집』에 수록된 것으로 1963년에 '문
학사'에서 간행한 첫 시집 『아사녀』의 표제작이기도 하지요. 이
외에도 아사녀가 등장하는 작품으로는 「아사녀의 울리는 축고
(祝鼓)」 「삼월」이 있고, 「주린 땅의 지도 원리」 「껍데기는 가라」
「달이 뜨거든」에서는 아사달과 함께 등장하지요. 신동엽 시인
이 제시한 아사녀의 민중성은 어떤 것일까요?

신좌섭  아사녀, 아사달이라는 인물 설정에 대해 『삼국유사』의 기록, 현
진건의 소설 『무영탑』(1938~1939년 『동아일보』 연재)과의 관계 등
여러 이야기들이 있습니다만, 이에 대한 논의를 반복할 필요는
없을 것 같습니다.

　'아사녀'가 중요하게 등장하는 시들을 살펴보면, 우선 4·19
혁명 직후인 1960년 7월 발표한 「아사녀」에서는 4·19혁명과
3·1운동이 "우리들의 눈앞에 솟구쳐오른 아사달, 아사녀의 몸
부림"으로 묘사되고 있습니다. 5·16쿠데타 직후인 1961년 11
월 발표한 「아사녀의 울리는 축고」에서는 아사녀들에게 역사의
주인으로 일어설 것을 외치는 북소리가 울려 퍼지고, 한일협정
직전인 1965년 5월 발표한 「삼월」에서는 "늘메기 울음 같은/아
사녀의 봄은/말없이 고개 숙이고 지나만 가는데."라고 하여 아
직 역사의 한가운데로 나서지 못하는 안타까운 민중의 모습으

로 등장합니다. 여기서 '늘메기 울음'은 아버님의 노트나 시에 종종 등장하는 상징인데, 꽃뱀이 허물을 벗기 위해 나무에 몸을 비빌 때 고통으로 내는 울음소리를 의미합니다. 탈피(脫皮)의 고통으로 신음하면서도 부조리한 현실에 맞서지 못하고, 외면한 채 '말없이 고개 숙이고' 지나가는 민중에 대한 안타까움을 표현하고 있습니다.

또 「주린 땅의 지도 원리」(1963년 11월)에서 아사녀, 아사달은 '남과 북 두 코리아의 주인으로서 통일, 완충의 주역'이고, 「껍데기는 가라」(1967)에서는 "중립의 초례청 앞에 서서/부끄럼 빛내며/맞절"하는 남과 북, 그리고 오페레타〈석가탑〉제5경에 등장하는〈달이 뜨거든 — 아사달·아사녀의 노래〉(1968)에서는 "잠시 헤어지지만 결국은 한 가지 허무 속에 영원을 사는" 존재로 등장합니다. 냉전 이데올로기와 외세, 지배 세력에 의해 이별을 강요당한 아사녀와 아사달이 영원히 함께하기(통일)를 간절히 소망하는 노래인 셈이지요.

아사녀 설화의 배경 스토리를 요약하자면 아사달은 통일신라 시대 패망한 백제의 뛰어난 석공, 아사녀는 그의 사랑하는 아내혹은 누이로서 지배계급의 갖은 박해를 이겨내고 영원한 사랑을 향해 맹목으로 달려가는 여성입니다. 여기서 아사달이 백제 사람이냐 당나라 사람이냐를 놓고 이견이 있는데, 어느 경우든 그 출신은 백제라고 해도 해석에 차이가 없을 것입니다. 정림사지 5층석탑을 남길 정도로 뛰어난 석공 기술을 가졌던 백제의 석공이 백제 멸망 후 당나라로 끌려갔다가 다시 정복자의 수도

서라벌로 불려 올라갔다는 식으로 이해하면 같은 이야기가 되니까요. 또 다른 측면에서 보면 이 설화에는 찬란한 정신이 애통하기 이를 데 없는 패망 후 백제라는 주변부의 촌무지렁이로 위치 지어지고, 그 알맹이가 통일신라의 중심부인 '서울(서라벌)'에 의해 착취되는 대립 구도가 담기어 있기도 합니다. 이 대립 구도는 20세기 한국에 그대로 옮겨놓을 수도 있겠습니다.

이 같은 스토리의 특성 때문에 아사녀 설화는 아버님의 시 세계에 중심 제재로 진입하게 됩니다. 재미있는 것은 여타의 다른 핵심적 시어들과는 달리 아버님의 젊은 시절 창작 노트나 습작시에 '아사녀'가 등장하지 않는다는 것입니다. 아사녀가 처음 등장하는 것은 1960년 7월 발간된『학생혁명시집』입니다. 요컨대 아사녀는 4·19를 전후하여 '발견'되었다는 것이지요.

어머니(인병선)의 회고에 의하면 1960년 4월 아버님은 거의 매일 흙투성이 구두와 양복을 걸친 채 흥분한 얼굴로 집에 들어섰습니다. 평범한, 거리의 민중이 역사의 중심에 들어와 세상을 변화시킬 수 있다는 가능성을 보고 흥분하지 않을 수 없었을 것이고 그 한가운데 서 있는 아리따운 얼굴들을 아사녀, 아사달로 인지하기 시작했겠지요. 어쩌면 인지했다기보다는 기획했다고 보는 것이 옳을지도 모르겠습니다. 역사의 필연성을 이야기하려면 혁명의 한가운데 서 있는 거리의 평범한 사람들이 미국이나 유럽의 전통이 아니라 우리의 전통으로부터 유래한 이름을 가지고 있었어야 했을 것입니다.

요컨대 제가 보기에 아버님은 1960년 4월 혁명 당시 거리에 나서 역사를 바꿔낸 평범한 시민들로부터 아사녀, 아사달이라는 인물상을 발굴했고 아사녀 설화를 통해서 민중과 혁명의 이미지를 대중에게 전달하려는 구상을 하게 되었을 것이라고 추측합니다.

이것이 1961년 5·16쿠데타로 인한 4·19혁명의 실패 직후에는 민중의 각성이 다시 더 높은 차원으로 나아가기를 기원하는 「아사녀의 울리는 축고」로, 1964년 반대시위에도 불구하고 1965년 봄 결국 한일협정이 체결될 시기에 이르러서는 「삼월」(1965년 5월)의 "늘메기 울음 같은/아사녀의 봄"으로 변주됩니다.

또 여기서 한 발 더 나아가 아사녀, 아사달은 「주린 땅의 지도원리」(1963년)나 「껍데기는 가라」(1967년)에서 남과 북의 통일, 완충 시대를 열어가는 주역으로도 묘사되지요. 남과 북의 지배계급이 아닌 민중만이 외세를 배격한 통일의 세력으로 나설 수 있다는 것을 외치고 있는 것입니다.

구태여 아사녀나 아사달 같은 설화 속의 인물을 호명하여, 가상의 인물로 기획하고 내세운 이유는 짐작할 수 있을 것입니다. 확장성을 염두에 두면 상상의 인물이어야 하고, 구체성을 염두에 두면 구전에 익숙한 인물이어야 했겠지요. 설화가 존재한다는 것은 영원성을 획득할 가능성이 높다는 것을 의미합니다. 아사녀, 아사달 설화의 원형이 우리 민족의 잠재의식에 뿌리를 두고 있다는 반증이기도 할 것이고요. 아버님의 고향이고 정신적 터전인 백제문화의 입장에서 보면 멸망한 문명의 영원성이라는 또 다른 의미를 갖는 것으로 해석할 수도 있을 것입니다.

아버님의 끊임없는 고민은 "4·19 봉기에서 느낀 민중의 연상(聯想)"을 "어떻게 민중에게 되돌려 읽히게 하는가"였던 점을 되새길 필요가 있습니다. 1960년대의 역사적 현실 속에서 민중에게 직접, 친근한 인격으로 가까이 다가가고자 「아사녀」를 다시 발견한 것이라고 생각합니다.

백병동 선생님과 함께 작업한 오페레타 〈석가탑〉을 확장하여 본격 오페라로 〈아사녀〉를 기획했던 것을 보면 아사녀를 전면에 내세운 더 큰 서사적 기획이 있었다는 것인데, 이를 실현하지 못한 것이 안타깝지요.

**맹문재** 신동엽 시인이 4·19혁명을 전후해서 '아사녀'를 발견했다는 사실은 작품 세계를 이해하는 데 아주 중요한 면이네요. 신동엽 시인의 작품들에서 눈길을 끄는 또 다른 시어는 '눈동자'예요. 이 시어가 나오는 작품은 「새로 열리는 땅」 「향아」 「싱싱한 동자를 위하여」 「풍경」 「아사녀」 「빛나는 눈동자」 「완충지대」 「진이의 체온」 「종로5가」 「수운이 말하기를」 「보리밭」 「서울」 「오월의 눈동자」 「여자의 삶」 등이에요. 지난번에도 이 시어에 대해 의견을 나눈 적이 있는데, 신동엽 시인의 '눈동자'를 어떻게 해석하면 좋을까요?

**신좌섭** 전에도 논의했던 것처럼 '눈동자'는 그 눈을 갖고 있는 주체의 본성을 암시하는 것이라고 생각합니다. 예를 들어, 「빛나는 눈

오페레타 〈석가탑〉

동자」의 눈동자나 〈석가탑〉에서 아사달의 눈동자는 '깨어 있
는, 꿰뚫어 보는, 영원을 지향하는, 흔들리지 않는'과 같은 이미
지이지요.

눈동자가 등장하는 시들을 비교해서 살펴보자면, 「여자의
삶」에서는 '눈'이 사람의 본성을 판별하는 기준으로 나타납니
다. "좀 더 가까이, 이리 좀 와보세요/안 되겠어요, 당신 눈은 살
기.//저 사람 와보세요/당신 눈은 우둔, 당신 입은 모략,/오랜
대(代)를 뿌리박고 있군요."라고 했지요.

또 눈동자는 넓은 의미로 보면 '민중의 혼, 정신' 같은 것을
의미하는 것으로 나타납니다. 「빛나는 눈동자」의 "세상에 항거
함이 없이,/오히려 세상이/너의 위엄 앞에 항거하려 하도록/빛
나는 눈동자./너는 세상을 밟아 디디며/포도알 씹듯 세상을 씹
으며/뚜벅뚜벅 혼자서/걸어가고 있었다." 같은 시구에서 그와
같은 연상을 할 수 있습니다. 「수운이 말하기를」에서 "오늘의
논밭 속에 심궈진/그대들의 눈동자여, 높고 높은/한울님이어
라."라는 구절에서도 마찬가지이고요. 「싱싱한 동자를 위하여」
에 나오는 구절 "얼음 뚫고 새 흙 깊이 씨 묻어두자/새봄 오면
강산마다 피어날/칠흑 싱싱한 눈동자를 위하여"에서도 '민중의
혼, 정신' 같은 것을 읽을 수 있습니다.

그런가 하면 「향아」에서는 "눈동자를 보아라 향아 회올리는
무지갯빛 허울의 눈부심에 넋 빼앗기지 말고"라고 해서 찬란한
허울의 눈부심에 대비되는 '그 어떤 깊은 본질'을 의미하는 것
으로 나타납니다.

그리고 눈동자는 으레 뭔가를 말하지요. 「풍경」에서 "히말라
야 산록/토막 가 서성거리는 초병은/흙 묻은 생고구말 벗겨 넘
기면서/하얼빈 땅 두고 온 눈동자를/회상코 있을 것이다."의 눈
동자는 머나먼 고국 땅에 두고 온 가족이나 벗, 누군가의 이야
기를 전하고 있습니다.

　　"샘터에서 살얼음을 쪼개고 물을 마시는데/눈동자가, 그 깊
고 먼 눈동자가,/이 찬 겨울 천지 사이에서 나를 들여다보고 있
더라" "문경 새재 산막 곁에 흰떡 구워 팔던 그 유난히 눈이 맑
던 피난 소녀도 지금쯤은 누구 그늘에선가 지쳐 있을 것."(「진이
의 체온」)의 눈동자나, "밤 열한 시 반,/통금에 쫓기는 군상 속에
서 죄 없이/크고 맑기만 한 그 소년의 눈동자와/내 도시락 보자
기가 비에 젖고 있었다."(「종로5가」)의 눈동자도 으레 그 어떤 내
면의 깊은 사연을 이야기하고 무엇인가를 호소하고 있습니다.
이렇게 나를 들여다보는 눈동자를 통해서 우리는 그 주체의 삶
과 사연에 직접 다가가는 체험을 하게 되지요.

**맹문재**　신동엽 시인의 작품들에 등장하는 '눈동자'의 의미를 다시금 확
인하게 되었네요. 「종로5가」라는 시에도 나오지요. 저는 이 작
품이 노동자를 그렸다는 점에 일찍부터 주목했어요. 이 작품에
대한 의의를 듣고 싶네요. 작품을 인용해볼게요.

　　이슬비 오는 날,
　　종로5가 서시오판 옆에서

낯선 소년이 나를 붙들고 동대문을 물었다.

밤 열한 시 반,
통금에 쫓기는 군상(群像) 속에서 죄 없이
크고 맑기만 한 그 소년의 눈동자와
내 도시락 보자기가 비에 젖고 있었다.

국민학교를 갓 나왔을까.
새로 사 신은 운동화 벗어 품고
그 소년의 등허리선 먼 길 떠나온 고구마가
흙 묻은 얼굴들을 맞부비며 저희끼리 비에 젖고 있었다.

충청북도 보은 속리산, 아니면
전라남도 해남땅 어촌 말씨였을까.
나는 가로수 하나를 걷다 되돌아섰다.
그러나 노동자의 홍수 속에 묻혀 그 소년은 보이지 않았다.

그렇지.
눈녹이 바람이 부는 질척질척한 겨울날,
종묘(宗廟) 담을 끼고 돌다가 나는 보았어.
그의 누나였을까.
부은 한쪽 눈의 창녀가 양지쪽 기대앉아
속내의 바람으로, 때 묻은 긴 편지 읽고 있었지.

그리고 언젠가 보았어.

세종로 고층건물 공사장,
자갈지게 등짐하던 노동자 하나이
허리를 다쳐 쓰러져 있었지.
그 소년의 아버지였을까.
반도의 하늘 높이서 태양이 쏟아지고,
싸늘한 땀방울 뿜어낸 이마엔 세 줄기 강물.
대륙의 섬나라의
그리고 또 오늘 저 새로운 은행국(銀行國)의
물결이 뒹굴고 있었다.

남은 것은 없었다.
나날이 허물어져가는 그나마 토방 한 칸.
봄이면 쑥, 여름이면 나무뿌리, 가을이면 타작마당을 휩쓰는
빈 바람.
변한 것은 없었다.
이조(李朝) 오백 년은 끝나지 않았다.

옛날 같으면 북간도라도 갔지.
기껏해야 버스길 삼백 리 서울로 왔지.
고층건물 침대 속 누워 비료 광고만 뿌리는 그머리 마을,
또 무슨 넉살 꾸미기 위해 짓는지도 모를 빌딩 공사장,
도시락 차고 왔지.

이슬비 오는 날,
낯선 소년이 나를 붙들고 동대문을 물었다.

그 소년의 죄 없이 크고 맑기만 한 눈동자엔 밤이 내리고
노동으로 지친 나의 가슴에선 도시락 보자기가
비에 젖고 있었다.

　　　　　　　　　　　　　　　　　—「종로5가」 전문

**신좌섭** 1967년 6월 『동서춘추』라는 잡지에 발표한 시인데, 산업화와
더불어 농촌으로부터 뿌리 뽑혀 도시 주변부에 정착하기 시작
한 한 세대의 삽화가 담기어 있습니다. 이 시에 등장하는 '낯선
소년'은 1960년대 고향에서 밀려나 서울로 올라와서 막노동꾼
이 된 이농민의 자식이 다시 주변부 노동자로 자리 잡게 될 미
래를 상징합니다.

　농촌에서 밀려나 서울의 답십리나 난곡 어디쯤에 셋방살이
자리 잡았을 아버지는 일용직 노동자로 자갈지게 등짐을 지
다가 허리를 다쳐 쓰러지고, 누이는 쌓인 빚 갚으려 '종삼'이
나 청계천 창녀촌에서 몸을 팔고, 어린 소년은 동대문이나 청
계천, 왕십리 일대의 수공업 공장에서 아동노동을 착취당하는
1960~70년대 근대화의 실상을 담담한 어조로 그려내고 있지
요. 이 시를 발표한 3년 뒤인 1970년 11월 전태일 열사가 평화
시장에서 분신했지요.

　제가 고등학교를 다니던 1970년대 중반, 학교에서 공부를 마
치고 귀가하던 밤늦은 시간 청계천5가 주변에서 버스에 올라타
는 낯선 청년을 본 적이 있습니다. 검게 물들인 군복을 입고 지
친 모습으로 창밖을 응시하던 눈빛 이글거리는 그 청년에게서

저는 '낯선 소년'의 후일담을 읽었습니다.

그 당시 저는 그 낯선 소년과 함께하고 싶은 충동을 느꼈고 그 깊은 인상 덕분인지 젊은 시절 10여 년을 노동자, 막노동꾼, 빈민과 더불어 지냈지요. 1970년대 저처럼 낯선 소년의 '죄 없이 크고 맑기만 한 눈동자'에 이끌려 젊은 열정을 불태운 청년들이 적지 않았던 것을 우리 모두가 기억하고 있지요.

「종로5가」가 특히 많은 사랑을 받았던 것은 우리가 직면하게 될 시대의 변화에 대한 예리한 통찰을 담고 있으면서도 증오나 적개심, 구호가 아닌 잔잔한 느낌으로 이야기를 펼쳐나가는 데에서 비롯된 것으로 보입니다. 이슬비 내리는 날 종로5가에 가면 지금도 어디선가 그 소년이 나타나 말을 걸 것 같아요.

이제 이 소년은 삼각김밥과 컵라면으로 끼니를 때우면서 목숨을 담보로 고위험 노동을 감당해야 하는 하청기업 비정규직 노동자의 모습을 하고 있을 것입니다.

**맹문재**  말씀을 듣고 보니 저는 보지 못했지만 1970년대의 청계천5가, 종로5가, 노동자들, 전태일 열사 등의 이미지가 떠오르네요. 신동엽 시인의 시 작품에서 많이 볼 수 있는 또 다른 시어는 '역사'예요. 가령 「새로 열리는 땅」 「아사녀」 「힘이 있거든 그리로 가세요」 「아사녀의 울리는 축고」 「이곳은」 「너는 모르리라」 「빛나는 눈동자」 「완충지대」 「주린 땅의 지도 원리」 「삼월」 「조국」 「마려운 사람들」 「만지(蠻地)의 음악」 등에 나오지요. 아무래도 역사의식이 강해 시 작품에도 반영된 것으로 보이네요.

신동엽 시인이 지향한 역사에 대해 생각해보신 적이 있는지요.

**신좌섭**  아버님이 역사에 대해 깊은 관심을 가져 단국대학교 사학과를 다니셨다는 것은 익히 알려져 있습니다. 1949년 부여에서 가까운 공주사대 국문과에 먼저 합격했으나 포기하고 단국대 사학과에 다시 들어가셨지요. 당시 할아버님이 어려운 형편 속에서도 밭 6백 평을 팔아 입학금을 대셨습니다.

그런데 아버님의 글들을 보면, 백낙청 선생님이 언젠가 지적했듯이 역사를 바라보는 데 있어서 특유의 시간관, 혹은 존재론 같은 것이 전제가 되어 있음을 알 수 있습니다. 예를 들어, 서사시 「금강」 5장에 보면 "백제,/천오백 년, 별로/오랜 세월이/아니다.//우리 할아버지가/그 할아버지를 생각하듯/몇 번 안 가서/백제는/우리 엊그제, 그끄제에 있다."는 구절이 나오는데, 천오백 년이라는 시간도 아버지의 아버지, 할아버지의 할아버지, 그리고 그 할아버지의 할아버지 몇 번을 거치면 바로 우리의 시간이라는 것이지요. 「금강」을 비롯한 많은 시에서 과거의 시간과 오늘의 시간이 뒤섞여 제시되는 것은 이 같은 시간관에서 비롯되는 것으로 보입니다.

그리고 역시 「금강」 25장에 보면 "당신 말씀대로/정말 우리는 한 가지 목숨의/흐름일까요,//이 세상은,/우주에 있는 모든 생물은/한 가지 목숨의/강물일까요" "당신도, 나도/한 가지 강물의 흐름 위에/돋아난 잠깐의/표정일까요."라는 구절이 나오는데, 이것은 젊은 시절의 노트에도 종종 등장하는 상념입니다.

나와 너, 과거의 사람들과 오늘 사람들이 근원은 하나여서 '우리라는 존재가 한 가지 목숨의 거대한 강물 위에 잠깐씩 돋아나고 스쳐가는 표정들'이라는, 그래서 결국은 하나로 연결된 존재라는 시각이지요.

이 같은 관점 외에도 후천개벽(後天開闢), 원시반본(原始反本)의 전통 종교 사상이 아버님의 역사관, 세계관에 큰 영향을 미쳤다는 점이 여러 비평가들에 의해 조명되기도 하였습니다. 이것은 「시인정신론」에서 말하는 '원수성, 차수성, 귀수성 세계'로 구성되는 역사관, 세계관과 밀접하게 연결되어 있습니다. 이것은 마르크스주의의 변증법적 역사관과도 일맥상통하는 측면이 있고요. 아버님이 사회주의, 무정부주의 이론을 접한 것은 전주사범 무렵이었다고 하지요.

이런 시간관과 존재론, 세계관이 전제된 위에 '역사'라는 시어는 "물러가라, 그렇게/쥐구멍을 찾으며/검불처럼 흩어져 역사의 하수구 진창 속으로/흘러가 버리렴아, 너는./오욕된 권세 저주받을 이름 함께."(「아사녀」), 혹은 "억울하게/체념만 하고 살아가는/나의 땅 조국아./긴 금강/나의 사랑/나의 역사여."(「주린 땅의 지도 원리」)에서와 같이 지배자들의 더러운 오욕과 피지배자들의 처절하고 비참한 사랑, 이 모든 것을 끌어안고 휘몰아치는 거대한 흐름으로 나타납니다. 도도하게 흐르는 '금강'은 이 같은 이미지를 담고 있고 그래서 역사 그 자체를 상징하지요.

저의 어린 시절 기억을 더듬어보면, 여름 장마철이면 백마강(부여 인근을 흐르는 금강의 별칭)은 으레 크게 범람했습니다. 멀리 전라북도에서부터 강바닥을 쓸고 내려온 거대한 탁류가 무서운 기세로 도도하게 흐르고 그 물결 속에 원두막이며, 돼지, 사람들이 둥둥 떠내려왔지요. 백제대교가 들어서기 전에 백마강을 건너는 방법은 두 가지였습니다. 구드래 나루에서 배를 타고 건너가거나, 강물이 아슬아슬하게 신발을 적시는 부교를 건너는 것이었지요. 따라서 홍수철에는 백마강을 위에서 내려다보는 것이 불가능했습니다. 그러다가 1968년경인가 백제대교가 들어서면서 홍수철에도 백마강의 탁류를 위에서 내려다볼 수 있게 되었지요. 요즘도 그런 장면을 볼 수 있는지 모르겠지만, 당시 홍수철에 백제대교 위에 올라가면, 깊이를 알 수 없는 거대한 탁류와 불쌍한 생명의 흔적들이 뒤엉켜 흐르던 모습이 지금도 기억에 생생합니다.

이 같은 도도한 흐름으로서의 역사가 중요한 자리를 차지하는가 하면 민중의 각성을 통한 가능성으로서의 '역사'도 일관되게 등장하는 개념입니다. "높아만 보세요, 온 역사 보일 거예요"(「힘이 있거든 그리로 가세요」), "눈물겨운 역사마다 삼켜 견디고/언젠가 또다시/물결 속 잠기게 될 것을/빤히, 자각하고 있는 사람의."(「빛나는 눈동자」), 그리고 "우리는 역사의 그늘/소리 없이 뜨개질하며 그날을 기다리고 있나니."(「조국」) 등에서 이 같은 생각을 찾아볼 수 있습니다.

그리고 마지막 단계로서 "호미 쥔 손에서/쟁기 미는 자세에서/역사밭을 갈고/뒤엎어서/씨 뿌릴/그래서 그것이 백성만의 천지가 될"(「주린 땅의 지도 원리」) 세상으로, 혹은 "구름을 쏟아라/역사의 하늘/벗겨져라"(「마려운 사람들」)와 같이 개벽천지의 대상으로 나타나기도 합니다. 개벽천지의 주체가 민중이라는 것은 더 말할 필요가 없을 것이고요.

그런데 민중이 개벽천지의 주체로 일어서는 것이 어떻게 가능한가에 대한 생각이 있었을 거예요. 주체로 일어서는 것은 '순수한 본성의 회복, 깨달음, 그리고 관계의 재구성'을 통해 가능한 것으로 설명할 수 있을 것입니다. "금가루 흩뿌리는/새 아침은/우리들의 대화/우리의 눈빛 속에서/열렸다.", "금가루 흩뿌리는/새 아침은 우리들의 안창/영원으로 가는 수도자(修道者)의 눈빛 속에서/구슬 짓는다."(「새해 새 아침은」)에서와 같이 '대화와 깨달음(눈빛)'이 민중의 각성을 가능하게 하는 것으로 표현되고 있습니다.

이런 생각이 집약적으로 드러나 있는 시가 「좋은 언어」입니다. "때는 와요./우리들이 조용히 눈으로만/이야기할 때//허지만/그때까진/좋은 언어로 이 세상을/채워야 해요."(「좋은 언어」)라는 구절은 좋은 언어의 대화를 통한 관계의 재구성, 그리고 깨달음과 본성의 회복이라는 메시지를 집약적으로 드러내고 있습니다.

**맹문재** 신동엽 시인의 역사관은 과거의 시간과 오늘의 시간이 함께해 과거의 사람과 오늘의 사람이 하나라는 인식인데, 그 통합적인 혹은 융합적인 세계관이 새롭게 와닿네요. 시 작품에서 많이 볼 수 있는 또 다른 시어는 '사랑'이에요. 가령 「나의 나」 「너는 모

르리라」「아니오」「빛나는 눈동자」「원추리」「주린 땅의 지도
원리」「밭」「담배 연기처럼」「보리밭」「서울」「마려운 사람들」
「단풍아 산천」「밤은 길지라도 우리 내일은 이길 것이다」 등에
나오지요. 시인이 지향한 사랑에 대해 관심이 가네요.

신좌섭  '신동엽 시인의 사랑'이라고 하면 사람들에게 가장 먼저 떠오
르는 것이 어머니와의 만남일 것입니다. '한국전쟁 직후 물들
인 군복을 입고 돈암동 사거리 헌책방을 지키던 가난한 문학청
년과 명문 집안 출신 수재 여고생의 운명적 만남'이라는 주제는
낭만적 요소도 있고 스토리의 전달자가 어머니였다는 점에서
이야깃거리가 풍부했지요. 1988년 아버님의 젊은 시절 일기와
연애편지, 산문을 묶은 『젊은 시인의 사랑』이 실천문학사에서
간행되면서 이 스토리는 더욱 널리 알려졌고요. 이 글들은 작년
에 창비사에서 발간한 『신동엽 산문전집』에 옮겨 수록되어 있
지요.
    무엇보다도 가족에 대한 아버님의 사랑은 절대적인 것이었습
니다. 가난한 식민지 현실에서도 무조건적인 사랑을 베풀어준
당신의 아버지와 어머니에 대한 애틋한 감정, 가부장적인 집안
분위기 속에서 모든 것을 자신에게 양보하고 순종한 여동생들
에 대한 부채의식 같은 것이 강하게 작용했지요.
    또 "사랑해주고 싶은 사람들은/많이 있었지만/하늘은 너무
빨리/나를 손짓했네."(「담배 연기처럼」)에서와 같이, 빨리 찾아올
죽음에 대한 예감과 뒤엉킨 가족에 대한 본능적 사랑은 저희 삼

남매에게도 깊은 흔적을 남기었습니다. 1983년 온누리 출판사에서 나온 『신동엽 : 그의 삶과 문학』에 누이(신정섭)가 쓴 회고담 「대지를 아프게 한 못 하나 아버지 얼굴 가에 그려 넣고」가 실려 있는데, 이 글에 아버님의 애틋한 자식 사랑이 잘 기록되어 있지요.

그러나 무엇보다도 '신동엽 시인의 사랑'이라고 하면 인간과 생명에 대한 본연의 깊은 연민을 언급해야 할 것입니다. 『신동엽 : 그의 삶과 문학』에 어머니(인병선)가 쓴 글 「일찍 깨어 고고히 핀 코스모스여」가 실려 있는데, 아버님이 특히 인간에게서 연민을 느끼는 부위는 '목줄기와 허리, 우두 자국'이었다고 회고하고 계십니다. 그러면서 예를 들고 있지요.

"불쌍,/우리는 보았다/가엾은 심줄,/애처로운 목,"(「금강」)

"불쌍하달 밖에 없었다/자기의 생 영위키 위해/삐걱삐걱 땀 흘리며/하루를 숨쉬던 허리."(「금강」)

그리고 어느 해 여름인가 저녁에 돌아와 "벗은 팔뚝마다 우두 자국이 있는 것을 보면 걷잡을 수 없이 불쌍하단 생각이 든다"는 이야기를 하셨다고 합니다. 여기서 '애처로운 목 심줄(가녀린 생명), 하루를 숨 쉬던 허리(힘겨운 노동), 벗은 팔뚝의 우두 자국(질병과 고통)'은 살아남고자 하는, 살아내고자, 살기 위해 감내해야 하는 애처로운 몸부림과 고통을 의미하는 것으로 보입니다. 아버님이 사용하는 사랑이라는 시어에는 이처럼 생명 그 자체에 대한 깊은 연민이 담기어 있지요.

그런가 하면 1956년 노트에 보면 "모든 예술은/사랑이다.//

시는/사랑하는/생명의 불붙은 마음이다." 라는 구절이 등장합니다. 모든 예술의 본질은 사랑이라는 것이고 그래서 산문 「서둘고 싶지 않다」는 자신의 일생을 시와 사랑과 혁명으로 채우겠다는 소망으로 끝맺지요. "내 일생을 시로 장식해봤으면./내 일생을 사랑으로 장식해봤으면./내 일생을 혁명으로 불질러봤으면./세월은 흐른다. 그렇다고 서둘고 싶진 않다."(「서둘고 싶지 않다」) 여기서 시와 사랑, 혁명은 결국 하나로 연결됩니다. 이것을 하나로 연결하는 것은 불쌍한 민중이지요.

그래서 고층빌딩으로 높아만 가고 온갖 위선으로 치장하는, 정나미 떨어지는 서울도 19세기적 사랑을 생각하며 포도송이 같은 눈동자로 고무신 공장 다니는 누나, 관수동 뒷거리 휴지 줍는 똘마니가 있음으로 해서 사랑할 만한 공간이 됩니다. 여기서 관수동은 아버님이 돌아가실 때까지 국어교사로 재직한 명성여고가 있던 곳이지요.

"그러나 나는 서울을 사랑한다/지금쯤 어디에선가, 고향을 잃은/누군가의 누나가, 19세기적인 사랑을 생각하면서//그 포도송이 같은 눈동자로, 고무신 공장에/다니고 있을 것이기 때문에.//그리고 관수동 뒷거리/휴지 줍는 똘마니들의 부은 눈길이/빛나오면, 서울을 사랑하고 싶어진다."(「서울」)

이처럼 가난하고 버림받은 소외된 존재들의 포도송이 같은 순수한 눈동자, 부은 눈길이 있으므로 서울을 사랑할 수 있다는 것입니다.

**맹문재**  신동엽 시인이 추구한 시와 사랑과 혁명의 깊이를 새삼 느끼
네요. '사랑'이란 시어가 나오는 작품으로 「아니오」가 있어요.
"옷 입은 도시 계집 사랑했을 리야" 없다고 단언하고 있지요.
이 작품에서 추구하는 '사랑'에도 관심이 가네요.

아니오
미워한 적 없어요,
산마루
투명한 햇빛 쏟아지는데
차마 어둔 생각했을 리야.

아니오
괴로워한 적 없어요,
능선 위
바람 같은 음악 흘러가는데
뉘라, 색동 눈물 밖으로 쏟았을 리야.

아니오
사랑한 적 없어요,
세계의
지붕 혼자 바람 마시며
차마, 옷 입은 도시 계집 사랑했을 리야.

— 「아니오」 전문

**신좌섭** 이 시에 대한 해설이 몇 군데 있습니다만, 제 나름대로 이해하기는 이렇습니다. '아니오'가 3연에 걸쳐 반복되고 '미움, 괴로움, 사랑'이 각 연의 주제입니다. 그리고 '산마루 투명한 햇빛'과 '어둔 생각', '능선 위 바람 같은 음악'과 '색동 눈물', '세계의 지붕 혼자 바람 마시며'와 '옷 입은 도시 계집 사랑'이 대조를 이루고 있지요. 여기서 '아니오'는 강한 긍정이면서 동시에 부정인 것 같아요.

'미움, 괴로움, 사랑'은 강렬하지만, '투명한 햇빛, 바람 같은 음악, 세계의 지붕 바람'이 있으므로 '어둔 생각' 하지 않고, '색동 눈물' 흘리지 않고, '도시 계집' 사랑하지 않겠다는……

여기서 '옷 입은 도시 계집'은 화려하게 치장하고 화신백화점 앞길을 여유롭게 거니는 유한(有閑) 여성을 떠올리게 하지요. 화장한 가식과 인공적인 외형적 미모, 그리고 도시적인 야박한 삶에 대한 얄팍하고 가벼운 사랑을 거부하는 것으로 읽힙니다. 「서울」이나 「종로5가」에 등장하는 '고향 잃은, 19세기적 사랑을 꿈꾸는 불쌍한 누이'의 모습과 대조를 이루지요. 이렇게 보면 여기서의 사랑도 남녀 간의 사랑이라기보다는 연민, 애달픔과 같은 것으로 읽힙니다.

**맹문재** 신동엽 시인의 시 작품에서 눈에 띄는 또 다른 시어는 '고향'이에요. 「고향」이라는 작품도 있고, 「향아」 「힘이 있거든 그리로 가세요」 「내 고향은 아니었었네」 「주린 땅의 지도 원리」 「진이의 체온」 「4월은 갈아엎는 달」 「사랑」 「왜 쏘아」 등에 볼 수 있지요. 시인이 지향한 고향 의식은 어떤 것일까요?

**신좌섭**  아버님의 시에서 고향은 크게 두 가지 이미지를 갖습니다. '병들기 이전의, 가식할 것이 없는, 돌아가야 할 본연의 어떤 곳'이라는 이미지와 '가난한, 애처로운 가족과 이웃이 신음하고 있는 곳'이라는 이미지입니다. 돌아가야 할 곳이면서 또 변화되어야 할 곳이지요.

"하늘에/흰 구름을 보고서/이 세상에 나온 것들의/고향을 생각했다.//즐겁고저/입술을 나누고/아름다웁고저/화장칠해 보이고,//우리,/돌아가야 할 고향은/딴 데 있었기 때문……//그렇지 않고서/이 세상이 이렇게/수선스럴/까닭이 없다."(「고향」)에서처럼 우리 돌아가야 할 고향은 이곳이 아닌 딴 데 있기에 입술 나누고 화장칠해 보이고 수선을 떤다는 것입니다.

「향아」에서도 "철 따라 푸짐히 두레를 먹던 정자나무 마을로 돌아가자 미끄덩한 기생충의 생리와 허식에 인이 배기기 전으로 눈빛 아침처럼 빛나던 우리들의 고향 병들지 않은 젊음으로 찾아가자꾸나"라고 해서 징그러운 기생충 생리와 허식에 익숙해지기 전의 '병들지 않은 젊음'을 고향으로 표현하고 있지요.

「내 고향은 아니었었네」에서도 '허구헌 아들딸 불려나가서 빠알간 가랑잎이 되어 돌아오는, 발부리 닳고 손자국 피 맺도록 조상들 넘나드는' 피난과 징용과 노역의 땅으로부터 고향으로 돌아가고 싶은 심정을 표현하고 있습니다.

'병들기 이전의, 가식할 것이 없는, 돌아가야 할 본연의 어떤 곳'으로서의 고향 이미지는 그래서 아버님의 역사관, 세계관에서 이야기하는 귀수성 세계와 일맥상통하는 측면이 있지요.

그런가 하면, "내 고향은/강 언덕에 있었다./해마다 봄이 오면/피어나는 가난.//지금도/흰 물 내려다보이는 언덕/무너진 토방 가선/시퍼런 풀줄기 우그려넣고 있을/아, 죄 없이 눈만 큰 어린것들."(「4월은 갈아엎는 달」)이라고 하여 어린것들이 무너진 흙집 더미 옆에서 시퍼런 풀줄기를 주린 배에 욱여넣고 있는 곳으로 묘사합니다. 여기서 묘사하는 참담한 모습은 아버님이 10~20대에 쓴 노트에 종종 등장하는 풍경입니다. 부여의 고향 마을은 으레 이런 이미지로 남아 있지요.

「주린 땅의 지도 원리」에서도 "내 고향은 바닷가에 있었다./고기도 없는 바다/열 굽이 돌아들면 물 쑤신 할머니.//그것은 산이었다./노루 없는 산/벌거벗은 내 고향 마을엔/봄, 가을, 여름, 가난과 학대만이 나부끼고 있었다.", "내 고향은 바닷가에 있었다./굶어 죽은 누더기/오백 년 매달린/내 사랑하는 조국은 벌거벗은 황토."라고 하여 벌거벗은 황토, 고향 마을로 묘사됩니다.

「진이의 체온」에서는 흙마루에 앉아 무를 다듬고 있을 어머니를 향한 그리움이 흥청대는 연말 서울 명동의 풍경과 대조되어 그려집니다. "나에게도 고향은 있었던가. 은실 금실 휘황한 명동이 아니어도, 동지만 지나면 해도 노루 꼬리만큼씩은 길어진다는데 금강 연안 양지쪽 흙마루에서 새순 돋은 무를 다듬고 계실 눈 어둔 어머님을 위해 이 세모(歲暮)엔 무엇을 마련해보아야 한단 말일까."(「진이의 체온」).

**맹문재**  고향에 대한 두 가지 이미지가 보다 잘 이해되네요. 신동엽 시인의 「껍데기는 가라」는 기념비적인 작품이지요. 이 작품이 발표된 뒤 이러저러한 일화들이 있을 것인데, 한두 가지 소개해주실 수 있는지요? 작품을 인용해볼게요.

껍데기는 가라.
사월도 알맹이만 남고
껍데기는 가라.

껍데기는 가라.
동학년(東學年) 곰나루의, 그 아우성만 살고
껍데기는 가라.

그리하여, 다시
껍데기는 가라.
이곳에선, 두 가슴과 그곳까지 내논
아사달 아사녀가
중립(中立)의 초례청 앞에 서서
부끄럼 빛내며
맞절할지니

껍데기는 가라.

한라(漢拏)에서 백두(白頭)까지

향그러운 흙가슴만 남고

그, 모오든 쇠붙이는 가라.

—「껍데기는 가라」 전문

**신좌섭**   워낙 잘 알려진 시이지요. 정작 '신동엽 시인'은 몰라도 '껍데기
는 가라'는 아는 사람이 많다고도 합니다. 1967년 1월에 출간된
『52인 시집』을 통해 발표한 시인데, 발표되자마자 논란이 무성
했던 작품입니다. 1967년은 베트남전쟁이 한창 격렬해지고 남
북관계도 극심하게 악화되던 시기이지요. 1968년 초 북한 특수
부대가 청와대를 공격한 1·21사태가 일어났고, 미국의 정찰함
푸에블로호가 원산 앞바다에서 납북된 것을 보면 당시의 한반
도 상황을 익히 짐작할 수 있을 것입니다. 이 같은 상황에서 동
학과 4월 혁명의 정신, 한반도의 중립과 통일을 강렬한 어조로
노래한 이 시를 접한 문단의 충격은 어지간히 컸던 모양입니다.

1968년에 돌아가신 김수영 시인은 1967년 겨울호 『창작과비
평』에 실린 「참여시의 정리 : 60년대의 시인을 중심으로」라는
글에서 『52인 시집』에 발표된 「아니오」와 「껍데기는 가라」를
인용하면서 "강인한 참여의식이 깔려 있고, 시적 경제를 할 줄
아는 기술이 숨어 있고, 세계적 발언을 할 줄 아는 지성이 숨 쉬
고 있고, 죽음의 음악이 울리고 있다."고 평했지요.

이후 신경림 시인이나 정희성 시인도 이 시에 대해 '자유와
평화와 통일과, 이 민족의 참된 발전을 바라는 간절한 소망이

『52인 시집』 표지

1967년 겨울호 『창작과비평』

짧은 시행 속에 완벽하게 표현된 우리 시문학사상 가장 빛나는 명편 중의 하나'라고 극찬한 바가 있습니다.

이렇게 큰 울림을 담은 시를 써 내려가는 사이 아버님은 내면의 고통으로 죽음을 향해 달려가고 있었습니다. 같은 시기인 1967년 12월 장편서사시 「금강」을 발표했고, 이듬해인 1968년 5월 오페레타 〈석가탑〉을 무대에 올렸으니 어지간히 에너지를 소진하셨을 겁니다. 친구분들의 회고에 의하면 이 시기에 아버님은 한반도 현실의 답답함을 이기지 못해 거의 매일 술을 드셨다고 해요. 그 결과가 1969년 4월 간경화와 죽음으로 닥쳐왔지요.

**맹문재** 잘 들었습니다. 주지하다시피 신동엽 시인의 등단작은 1959년 『조선일보』 신춘문예에 당선된 「이야기하는 쟁기꾼의 대지」이지요. 그런데 이 작품에는 위에서 언급한 '하늘', '역사', '사랑', '전쟁', '고향', '봄' 등의 시어들이 모두 들어 있어요. 따라서 신동엽 시인의 시 세계는 「이야기하는 쟁기꾼의 대지」를 확장 및 심화한 것으로 볼 수 있지요. 이와 같은 차원에서 이 작품은 새롭게 읽히는데, 「이야기하는 쟁기꾼의 대지」에서 어떤 점을 주목하시는지요?

**신좌섭** 말씀하셨듯이 「이야기하는 쟁기꾼의 대지」에는 등단 이전 젊은 날의 시들, 예를 들어 1954년에 쓴 「이리 와보세요」, 1955년에 쓴 「서시(序詩)」 등의 모티브가 담겨 있고, 등단 이후 발표한 작품들의 주요 시어들이 다수 등장합니다. 말하자면 아버님의 문학적 정신세계를 집약한 작품이라고 할 수 있을 거예요.

　전체적인 구성을 보면 서화(序話)와 제1~제6화, 그리고 후화(後話)의 8개 이야기로 구성이 되어 있습니다. 서화는 화자(話者)인 쟁기꾼이 대지와의 인연을 술회하면서 등장하는 장면이고, 제1화는 역사 이야기를 펼치겠다는 의도를, 제2화는 서사의 대상, 진혼(鎭魂)의 대상이 누구인지를 밝히고 있습니다. 제3화는 전쟁과 침탈, 제4화는 도적질하는 기생 세력, 제5화는 어용학(御容學), 즉 곡학아세하는 어용학자, 제6화는 눈먼 기능자/전문가에 대한 장이지요. 그리고 마지막 후화는 이후 세상에 무엇이 펼쳐질 것인가에 대한 전망 혹은 예언이라고 할 수 있을 것입니다. 이 같은 구조 때문에 서화를 원수성 세계, 제1~제6화를 차수성 세계에 대한 묘사, 그리고 후화를 귀수성 세계에 대한 기대로 해석하기도 하지요.

　육필원고 노트를 살펴보면 처음 이 시의 초안을 잡은 것은 1956년 봄이고, 재정리하여 완성한 것은 1958년 가을입니다. 완성 후 얼마 지나지 않아 『조선일보』에 보냈겠지요. 그런데 1956년 노트를 보면 이 시에 "장시(長詩), 반역(反逆)의 무도곡(舞蹈曲) 제1번, 선지자(先知者) 서무곡(序舞曲) 제1번"이라는 제목이 붙어 있습니다.

　이 노트 제목들을 보면 애당초 「이야기하는 쟁기꾼의 대지」를 통해 무엇을 표현하려고 했는지 짐작할 수 있을 것입니다.

맹문재 「이야기하는 쟁기꾼의 대지」는 다시 읽어도 대단한 작품이라는 생각이 드네요. 신동엽 시인의 또 다른 장시로 「여자의 삶」이 있어요. 살아 계실 때 마지막 발표한 작품으로 보이는데요. 이 작품의 주제는 "예수 그리스도를 길러낸 토양이여/넌, 여자./석가모니를 길러낸 우주여/넌, 여자/모든 신의 뿌리 늘임을/너 그러이 기다리는 대지여/넌, 여성"이라고 한 데서 볼 수 있듯이 여성을 대지 사상으로 인식하는 것으로 보이네요. 이 작품에 대한 말씀도 듣고 싶네요.

신좌섭 「여자의 삶」은 돌아가시기 몇 개월 전인 1969년 1월 『여성동아』에 발표한 시이지요. 고향 마을 어머니, 불쌍한 누이와 여동생들에 대한 깊은 연민, 전쟁 중 떠돌면서 스쳐 간 여성들에 대한 단편적 기억들이 이곳저곳에 스며 있어, 읽다 보면 아버님의 짧은 인생 역정이 주마등처럼 눈앞에 펼쳐지게 하는 작품이기도 합니다.

　말씀하신 것처럼 여성을 대지, 신성의 늪을 기르는 존재, 전장에서 살육하고 돌아온 남자의 마음을 빨래하는 존재로 표현하고 있습니다만, 다른 한편 "남자는 바람, 씨를 나르는 바람,/여자는 집, 누워 있는 집" 등의 표현 때문에 가부장적 세계관을 표출하고 있다고 비판받기도 한 작품입니다.

　사실 아버님이 상당히 가부장적 세계관을 갖고 계셨다는 것을 부정할 수는 없습니다. 가부장적인 사고 틀을 가진 부모 밑에서 외아들로 태어나 누이나 여동생들에 비해 매우 특별한 대

우를 받고 자란 것 자체가 이런 배경이 되었지요.

어머니와의 관계에서도 그렇습니다. 어머니가 외부활동을 하거나 사회적으로 나서는 것을 늘 못마땅하게 생각하셨지요. 요즘 여성들은 이해하기 어렵겠지만, 아버님은 자신도 모르게 본능적으로 그랬을 거예요. 그럼에도 불구하고 아니 바로 그랬기 때문에 늘 연민과 미안함을 갖고 있었던 것도 사실이고요.

**맹문재**  신동엽 시인의 상당한 작품들이 『고대문화』 『월간문학』 『현대문학』 『상황』 『사상계』 『창작과비평』 『다리』 등에 유고시로 발표되었어요. 따로 창작 노트가 있었는지요? 신동엽 시인의 시 쓰기 습관에서 특이한 점이 있었는지요?

**신좌섭**  아버님 생전에 발표한 시는 편수로 따지면 사실 많지 않아요. 상당수의 시가 아버님 돌아가신 후 어머니가 발굴하여 유고시로 하나씩 발표한 것입니다. 당연한 이야기지만, 사후에 어머니가 챙겨서 발표한 유고시와 노트에 남아 있는 원래 시들을 비교해보면 변형된 것은 없습니다. 신동엽문학관을 지으면서 부여군에 기증한 유물들 중에 10대에 작성한 것부터 돌아가시기 직전에 작성한 것까지 창작 노트들이 망라되어 있습니다. 연구하기에 좋은 조건이지요.

앞에서도 언급한 것 같은데, 아버님은 본인의 시 세계를 상당히 긴 호흡을 가지고 구상하셨습니다. 익히 알려진 「산문시 1」이나 「이야기하는 쟁기꾼의 대지」 원제목 「선지자(先知者) 서무곡(序舞曲) 제1번」에 번호가 붙어 있는 것, 서사시 「금강」 이후에 서사시 「임진강」을 구상한 것, 오페레타 〈석가탑〉 이후에 오페라 〈아사녀〉를 구상한 것을 보면 익히 알 수 있지요. 이 같은 긴 계획의 일부라도 더 실현되었으면 얼마나 좋았을까 하는 생각을 가끔 하게 됩니다.

그리고 시 쓰기의 습관에 해당되는 이야기이겠습니다만, 일기나 상념을 노트에 적어놓고 이것들을 모으고 다듬어서 쓴 시가 많습니다. 젊은 시절의 습작 노트를 읽다가 보면 갑자기 익숙한 구절들을 발견하게 되는데, 아 이런 생각을 오래 묵혔다가 시에 담았구나 하는 것을 알게 되지요. 시를 즉흥적으로 써 내려가기보다는 오래 묵히고 되새기고 다시 고치고 하는 스타일이셨습니다.

또 대부분의 노트에는 제목이 붙어 있는데, 예를 들어 '탈피의 상흔(脫皮의 傷痕)', '탈피의 하반(脫皮의 河畔)', '어무로(於霧路: 안개 길에서)', '석림(石林)을 탈의(脫衣)한다' 등이 제목입니다. 주로 자신의 인생 단계를 개념화한 제목들인데, 끊임없이 무엇인가를 향해 자신을 넘어 탈바꿈하고자 하는 지향을 표현하고 있습니다.

**맹문재** 상당히 긴 말씀을 매우 상세하고도 정밀하게 해주셨습니다. 좀 더 살펴서 단행본으로 간행하면 좋겠네요.

(『푸른사상』 2020년 여름호, 156~185쪽)

# 제3부

# 장편서사시 「금강」 읽기

# 장편서사시 「금강」 읽기

**맹문재**  장편서사시 「금강」은 한국 시문학사에서 기념비적인 작품이
지요. 이 작품의 의미로 어떤 점을 들 수 있을까요? 김종철은
「4・19정신과 우리의 시」에서 "60년대에 대부분의 시인들이
제대로 소화도 못한 외국의 문예사조를 흉내내며 자기도 이해
못할 시를 쓰"고 있을 때 신동엽 시인은 "〈공동체적 사랑〉"을 노
래했다"는 점을 높이 평가하고 있네요.

**신좌섭**  1960년대 한국 문단을 보면 사실 「금강」과 같은 장편서사시를
구상하고 집필했다는 것 자체가 놀라운 일입니다. 서화, 후화
를 포함해서 총 30장(章), 4,673행이라는 스케일도 그렇지만 동
학과 3・1운동, 4・19혁명을 하나의 흐름으로 엮어내는, 그리
고 4・19혁명의 좌절 이후 민중에 의해 이루어질 또 다른 격변
을 예견하고 이것을 꿈꾸도록 이끄는 역사의식 역시 당시로서

『신동엽 전집』 표지

는 상상하기 어려운 것이었지요.

백낙청 선생님은 1989년 단행본으로 엮어낸『금강』의 발문에서『신동엽 전집』이 사후 15년 가까이 금지된 것은 주로「금강」때문이었던 것 같다고 회상합니다. 1969년 아버님께서 돌아가신 뒤 1975년 전집이 나오자마자 판매 금지가 되었는데, 당시의 운동권 학생들은 전집 복사본을 만들어 몰래 돌려 읽었고 전집에 실린 시 중에도「금강」에 가장 매료되었습니다. 서사시「금강」자체가 서화(序話)에서 이야기하듯 "떡잎이 솟고 가지가 갈라져/어느 가을 무성하게 꽃피리라" 던 "가슴 두근거리는 큰 역사"의 "이야기의 씨들"이 되었던 것이지요.

김종철 선생님이 평했듯이 "공동체적 삶"을 노래한 것도 중요한 의미를 갖는다고 생각합니다. 단지 껍질만 수입된 외래문화인 서구적 민주주의가 아니라 우리가 "엊그제, 그끄제에" 도 누리던 본연의 "하늘", "영원의 얼굴", "우리들의 깊은 가슴"을 다시 일깨우는 지향성이 매우 특별하다고 생각합니다. 우리가 가진 적, 누린 적이 없던 것을 가져야 한다고 외치는 것과 "우리들에게도/생활의 시대는 있었다." 고 이야기하는 것은 차원이 다른 힘을 갖습니다.

「금강」이 전혀 난해하지 않은 평범한 시어들로 쓰인 것에도 주목할 필요가 있습니다. 아버님이 한 신문과의 인터뷰에서 밝혔듯이 "4 · 19 봉기에서 느낀 민중의 연상(聯想)" 을 "어떻게 민중에게 되돌려 읽히게 하는가" 를 고민한 끝에 "시종 생활어를 구사하면서 스토리를 교향시극(交響詩劇)처럼 엮어나갔다" 고 회상한 것을 기억할 필요가 있습니다. 민중에게 직접, 가까이 다가가고자 했던 것이지요.

이 같은 지향성은 아버님이 문학을 시작한 본래의 동기와 무관하지 않을 것입니다. 1948년 그러니까 18세 무렵에 쓴 메모에 일제로부터 해방은 되었으나 굶주린 배를 끌어안고 휑한 눈으로 양지바른 담장 아래 꾸벅꾸벅 졸고 있는 무기력한 동네 사람들에 대한 깊은 연민과 한탄을 표하면서, 이들을 일깨우기 위해 시와 음악, 회화, 무용이 어우러진 무엇인가를 해야겠다는 결심을 하는 글이 나옵니다. 시를 쓰는 본연의 지향점이 여기에 있었던 것입니다. 등단작인 「이야기하는 쟁기꾼의 대지」 외에 난해한 시가 거의 없는 것은 이 같은 지향성과 관련이 깊습니다.

**맹문재** 「금강」의 의의를 잘 들었습니다. 「금강」을 창작한 동기나 창작하는 동안의 일화에 대해 들으신 적이 있는지요?

**신좌섭** 1967년 12월에 「금강」을 발표했는데, 같은 해 9월 『동아일보』 기사를 보면 "6년 동안 동학을 테마로 오천 행의 서사시를 완성"했는데, 가제(假題)가 "동학, 그리고 4월의 하늘"이라고 되어 있습니다. 앞에서도 말했듯이 4·19혁명을 중심에 놓고 그것이 궁극적으로 지향하는 이상(理想)이 우리 자신의 역사 속에 어떻게 존재했는지, 그리고 그것이 또 어떻게 발현되어야 하는지를 보여주고자 한 것이었지요. 금년에 발간된 『신동엽 산문전집』

에 실린 노문 선생님의 회고에 따르면 원래의 제목은 "하늘을 보아라"였답니다. 그런데 고향 부여의 친구들이 "대작에 어울리지 않는 제목"이라고 반대하여 결국 "금강"으로 바꿨다고 해요.

아버님의 노트를 보면 동학을 주제로 한 작품은 1956년 가을부터 구상한 것을 알 수 있습니다. 자료 조사의 목록에 수운(水雲)의『동경대전(東經大全)』, 이호천(李昊天)의『대순전경(大巡傳經)』[1], 윤백남(尹白南)의『회천기(回天記)』, 최인욱(崔仁旭)의『초적(草笛)』, 전영래(全榮來)의『전라산천(全羅山川)』, 최재희(崔載喜)의『동학과 동학란』, 일본판『이용구전(李容九傳)』등이 나열되어 있고, 1960년 봄, 여름, 가을, 1962년 여름에 호남 지방, 속리산 일대, 설악산 일대, 금강 연안 지방을 현지 답사한 것으로 기록되어 있습니다.

그러나 구체적인 조사를 1956년 무렵부터 했을 뿐 원래의 착상은 1951~1953년 무렵에 이루어졌을 것이라는 게 제 생각입니다. 아버님은 1950년 인공치하의 민주청년동맹 선전부장을 지낸 연유로 지리산으로 들어가는 빨치산 대열에 합류했고, 목숨을 부지하기 위해 들어갔던 국민방위군이 해산된 후에도 다시 남도 일대를 방랑했습니다. 1951년 고향 부여로 돌아온 후에

---

1  이호천(李昊天)의『대순전경(大巡傳經)』이 확인되지 않음. 신좌섭 선생님께서 고인이 되어 확인할 수 없음. 정황상 이상호(李祥昊) · 이정립(李正立) 형제가 쓴 증산교 경전인『대순전경(大巡典經)』으로 추정함.

『현대한국신작시집』 제5권 표지

도 린치를 당하는 등 머무르기가 어려워 대전에 거주하면서 친구 구상회 선생과 함께 충남 일대의 백제 사적지와 동학농민전쟁 자취들을 답사한 것으로 기록되어 있는데, 이것이 출발점이 되었을 것입니다.

아버님이 1951년 11월 10일에 쓴 시 「만약 내가 죽게 된다면」(원제 「잊지 못할 像들이여」)이 당시의 상황을 잘 보여주고 있습니다. "단장의 비명을 울리며 전기고문 받던/그래도 나에게 위안을 잊지 않던/이름 없는 영웅 내 감방의 친구여… 꽁지벌레처럼 쫓아다니는 학정자의 학살을 피하여/서울로 망명할 때/남부여대의 피난민이 오르내리는 천안고개/호젓한 소릇길에서… 탈옥수의 심정으로 챗죽에 끌려 남하할 때/찬 눈을 뭉쳐 먹어가며 넘던 문경새재 고개에서… 피비린 낙동수를 반찬 삼아/주먹밥 먹던 교육대에서"와 같이 당시의 잊지 못할 이미지들을 묘사하고 있지요. 이런 경험들이 훗날 「금강」에 담겨 나온 것입니다.

**맹문재** 말씀을 듣고 보니 신동엽 시인은 「금강」을 아주 오랫동안 구상하고 준비하셨네요. 1964년 7월 29일부터 8월 8일까지 제주도를 여행한 것도 그 과정이었다고 생각해요. 「금강」은 1967년 12월 『한국현대신작전집』 제5권(을유문화사)에 발표되었어요. 그후 1년 남짓 활동하다가 신동엽 시인은 1969년 4월 7일 타계하지요. 「금강」이 발표된 뒤 "최근에 출간된 시들 가운데 단연코 가장 중요한 시적 업적의 하나가 될 것이다."(김우창), "가장 많은 문제성을 지니면서 우리 시에 많은 시사를 던져주고 있는 시가 「금강」임에는 의심할 여지가 없다.”(조태일), “60년대가 거둔 작품 가운데서 가장 의의 있고, 값진 수확의 하나임에 틀림없다.”(조남익) 등의 평가가 있는데, 더 소개할 만한 것이 있는지요?

**신좌섭**  수많은 평이 있지만, 예를 들어 백낙청 선생님은 “(여러 논의에도 불구하고) 농민전쟁을 3·1운동과 4·19를 거쳐 오늘로 이어지는 현재적 사건으로 파악하고 그 구체적 과제를 민족자주·민중해방으로 파악했다는 사실만으로도 신동엽의 선진성을 짐작할 수 있다”고 평하고 있습니다. 지금은 이런 역사의식이 보편화되어 있지만, 그 당시로는 매우 새로운 시각이었지요. 신경림 시인도 “시적 역사의식의 탁월함”을 논하고 있고, 채광석 시인은 “민중에의 굳은 믿음을 토대로 분단 상황의 극복 주체를 기층 민중에게 두는 미래전망의 대하적 구체화”라고 평하고 있습니다.

요컨대 “역사의식”, “역사 발전의 주체로서의 민중”이 주요 키워드였던 것 같습니다. 많은 독자들이 「금강」의 후화(後話) 「종로5가」에 등장하는 소년의 모습에서 전태일을 떠올리듯이 4·19 이후 이어질 계급 운동의 필연성을 예견해놓은 것도 그렇고요.

최근에는 후천개벽(後天開闢), 원시반본(原始反本) 사상과 같은 근대 민중종교 사상과의 연계성을 논하는 시각, 봉건왕조-식민지-분단-전쟁-독재로 이어지는 국가 폭력의 관점에서 이해하려는 시각, 알랭 바디우(Alain Badiou)의 메타정치적 서사의 관점에서 이해하려는 시각 등 다양한 해석이 등장하고 있습니다.

**맹문재** 역사 발전의 주체로서 민중을 다시금 생각하게 되네요. 주지하다시피 「금강」은 1894년에 일어난 동학농민혁명을 토대로 해서 1919년 3·1운동, 1960년 4·19혁명으로 맥을 잇고 있지요. 신동엽 시인이 이와 같은 역사의식을 가진 이유는 무엇이라고 생각하는지요?

**신좌섭** 우리 민족이 숱한 고난의 시대를 겪으면서도 결국 민중에 의해 역사가 발전할 수밖에 없다는 진리를 직시한 것이라고 생각됩니다. 누군가가 8·15를 빼놓은 것에 대해 무척 불만스러운 평을 한 적이 있는데, 사실 8·15해방은 갑자기 던져진 것이고 민중에 의해 전취(戰取)된 것은 아니지요. 실패했다고 하더라도 민중에 의해 이루어진, 그래서 한 단계의 새로운 각성을 이룬 역사적 사건들이 제대로 된 세상으로 다가가는 경로라고 파악하고 이것들을 연결한 것이겠지요.

　　물론 동학농민혁명이나 3·1운동, 4·19혁명 모두 좌절로 끝났지만, "하늘"을 본 사람들은 "가슴 두근거리는 큰 역사"를 숨죽여 이야기하고 언젠가는 다시 폭발해 한 단계 더 높은 이상을 성취하리라는 기대가 담겨 있다고 생각합니다.

**맹문재** 저도 공감해요. 신동엽 시인은 "금강,/옛부터 이곳은 모여/썩는 곳,/망하고, 대신/정신을 남기는 곳"(제23장)이라고 했습니다. 동학농민혁명의 토대로 왜 금강을 선택했을까요? 백제정신의 재현이라면 구체적으로 어떤 것일까요?

**신좌섭** 아버님 고향이 백제의 옛 수도 부여입니다. 백제는 1360년 전에 멸망했지만, 부여는 멸망의 역사가 모두의 기억과 삶 속에 아직까지 고스란히 남아 있는 독특한 지역입니다. 멸망은 두 가지를 가져왔지요. 디아스포라, 그리고 압제와 무기력. 어린 시절 부여에 가면 "멸망한 역사 속에서 체질화된 무기력"을 생생하게 느꼈던 기억이 납니다. 언젠가 수백의 부여군민이 모인 자리에서 부여의 특성으로 "학습된 무기력"을 언급했더니 참가자 모두가 고개를 끄덕이더군요. 그들도 같은 생각을 하고 있었던 것입니다.

그러나 찬란했던 백제에 대한 기억은 그대로 남아 있습니다. "가슴 두근거리는" 이야기들 덕분이지요. 「금강」 제5장에 나오는 시구 "백제,/천오백 년, 별로/오랜 세월이/아니다.//우리 할아버지가/그 할아버지를 생각하듯/몇 번 안 가서/백제는/우리 엊그제, 그끄제에/있다"처럼.

모여서 썩고, 망하고 대신 정신을 남긴다는 것은 멸망한 백제, 백제의 상징이면서 모든 썩은 것들이 모여 흐르는 금강, 그리고 실패한 혁명의 공통된 유비(類比)일 것입니다. "망하고 대신 정신을 남긴다는 것"은 "죽고 대신 정신을 남긴다는 것"으로도 읽힙니다. 「금강」 제26장에서 하늬가 스스로 죽음을 선택한 것 역시 "죽고 대신 정신을 남기는 것"이었지요.

**맹문재**  부여 사람들의 독특한 정서가 이해되네요. 작품을 따라가며 좀 더 읽어보려고 해요. 우선 '서화(序話) 2'에는 "우리들은 하늘을 봤다"라고 노래하면서 1960년 4월, 1919년, 1894년의 역사를 들고 있습니다. 여기서 "하늘"의 의미는 무엇이라고 생각하는 지요? 조태일은 「신동엽론」에서 "사멸하지 않는 영원한 이상, 생명, 자유, 사랑"이면서 "영원한 민중적인 여러 요소"를 뜻한다고 보았는데요. 작품은 다음과 같네요.

> 우리들은 하늘을 봤다
> 1960년 4월
> 역사를 짓누르던, 검은 구름장을 찢고
> 영원의 얼굴을 보았다
>
> 잠깐 빛났던,
> 당신의 얼굴은
> 우리들의 깊은
> 가슴이었다
>
> 하늘 물 한아름 떠다,
> 1919년 우리는
> 우리 얼굴 닦아놓았다.

1894년쯤엔,
돌에도 나뭇둥걸에도
당신의 얼굴은 전체가 하늘이었다.

하늘,
잠깐 빛났던 당신은 금세 가리워졌지만
꽃들은 해마다
강산을 채웠다.

태양과 추수(秋收)와 연애와 노동.

동해(東海),
원색의 모래밭
사기 굽던 천축(天竺) 뒷길
방학이면 등산모 쓰고
절름거리며 찾아나섰다.

없었다.
바깥세상엔. 접시도 살점도
바깥세상엔
없었다

잠깐 빛났던
당신의 얼굴은
영원의 하늘,

끝나지 않는
우리들의 깊은
가슴이었다.

— 「금강」 서화(序話) 2 전문

**신좌섭**  『신동엽 산문전집』에 실린 노문 선생님(당시 부여 경찰)의 회고에 따르면 1953년 가을 지리산 빨치산 잔당들이 부여로 도피해서 경찰과 장시간 교전을 벌인 일이 있는데, 이때 빨치산들이 전투 막판에 굴속에서 여러 차례 외친 구호가 "하늘을 보아라"였다고 합니다. 이 구호에 깊은 인상을 받아 평생 집착하는 이미지가 되었다는 것이지요. 시작은 그럴 수 있을 것 같습니다. 그러나 동서양을 통틀어 하늘은 절대자로서의 특별한 이미지를 갖고 있고 근대 민중 종교 사상에서도 마찬가지입니다. 사람이 곧 하늘이라 했지요. 「금강」 제23장에서 전봉준이 목매이기 직전 남긴 한마디도 "하늘을 보아라!"였습니다.

　동학혁명과 3·1운동, 4·19와 같은 좌절한 혁명을 거론하면서 "잠깐 빛났던 하늘"이라고 표현한 것이 중요할 것 같습니다. 이런 측면에서 보면 하늘은 "민중 자신이 세계와 역사의 주인이라는 자각, 주체의식, 완전한 해방", 그리고 "깨달음의 상태, 질곡에서 벗어난 온전한 세계관" 이런 것을 복합적으로 의미하는 것으로 보입니다. 「누가 하늘을 보았다 하는가」에서의 이미지도 마찬가지이지요.

　누군가의 표현을 빌리자면 "우리는 우리가 만든 것에 의해 지배를 받는다"고 했는데, 「금강」 제6장에 그런 이야기가 나오지요. "언제부터였을까,/살림을 장식하기 위해 백성들 가슴에/달았던 꽃이, 백성들 머리 위 기어올라와,/쇠항아리처럼 커져서 백성 덮누르기/시작한 것은". 이것은 개인적인 차원에도 예외가 아닐 것입니다. 부질없는 것을 추구하다 보면 그 추구하는 대상이 쇠항아리처럼 커져서 우리를 덮누르지요. 이 같은 질곡으로부터의 해방, 그것이야말로 하늘을 본다는 것의 의미가 아닐까 합니다.

맹문재 "하늘"의 구체적인 의미를 이해할 수 있네요. 제1장에서는 1862년 경상도 진주에서 일어난 농민혁명, 1871년 경상도 문경에서 일어나 농민군 관아 습격 사건, 황해도와 평안도를 비롯해 전국적으로 일어난 농민혁명을 소개하고 있습니다. 제2장에서는 수운 최제우가 팔도강산을 걸으면서 학대받고 질병에 고통당하는 농민들의 실정을 그렸습니다. 그리고 1860년 4월 5일 수운은 "영원의/빛나는 하늘"를 보았습니다. 이날은 최제우가 천도교를 창시한 날인데, 앞에서 보았던 '하늘'과 상관이 있다고 생각하시는지요?

신좌섭 제2장에서 수운의 깨달음을 예수, 석가의 깨달음에 견주어 기술하고 있지요. 수운의 사상은 백성들이 학대받고 질병에 고통당하는 선천세계가 끝나고 후천세계가 도래할 것이라는 후천개벽의 사상이고, 그리고 이것이 백성들 자신에 의해 이루어질 것이라는 깨달음이므로 앞에서 이야기한 하늘과 다를 바가 없을 것 같습니다. 사실 넓은 의미에서 보면 원불교나 증산교 같은 근대 민중 종교 사상 모두 다를 바가 없지요.

**맹문재**  그러하지요. 제3장에서 화자는 "너"의 "빛나는 눈동자"를 발견하고 잊을 수 없다고 노래하고 있습니다. "너의 빛나는/그 눈이 말하는 것은/자시(子時)다, 새벽이다./승천이다"라고 비유도 하고, 그 눈은 "아름다운 눈"이고 "인간정신미의/지고한 빛"이라고도 합니다. 신동엽 시인은 오페레타 〈석가탑〉의 대사를 쓰면서도 불국사의 다보탑과 석가탑을 세운 아사달의 '눈동자'를 주목했습니다. 신동엽 시인에게 '눈동자'는 어떤 상징성이 있을까요? 제3장의 시를 소개해볼게요.

어느 해
여름 금강변을 소요하다
나는 하늘을 봤다.

빛나는 눈동자.

너의 눈은
밤 깊은 얼굴 앞에
빛나고 있었다.

그 빛나는 눈을
나는 아직
잊을 수가 없다.

검은 바람은
앞서간 사람들의
쓸쓸한 혼을
갈가리 찢어
꽃 풀무 치어오고

파도는,
너의 얼굴 위에
너의 어깨 위에, 그리고 너의 가슴 위에
마냥 쏟아지고 있었다.

너는 말이 없고,
귀가 없고, 봄도 없이
다만 억천만 쏟아지는 폭등을 헤치며
고고히
눈을 뜨고
걸어가고 있었다.

그 빛나는 눈을
나는 아직
잊을 수가 없다.

그 어두운 밤
너의 눈은
세기(世紀)의 대합실 속서
빛나고 있었다.

빌딩마다 폭우가
몰아쳐 덜컹거리고
너를 알아보는 사람은
당세에 하나도 없었다.

그 아름다운,
빛나던 눈을
나는 아직 잊을 수가 없다.

조용한,
아무것도 말하지 않는,
다만 사랑하는
생각하는, 그 눈은
그 밤의 주검 거리를
걸어가고 있었다.

너의 빛나는
그 눈이 말하는 것은
자시(子時)다, 새벽이다.
승천(昇天)이다.

어제
발버둥치는
수천 수백만의 아우성을 싣고
강물은
슬프게도 흘러갔고야.

세상에 항거함이 없이,
오히려 세상이
너의 위엄 앞에 항거하려 하도록
빛나는 눈동자
너는 세상을 밟아 디디며
포도알 씹듯 세상을 씹으며
뚜벅뚜벅 혼자서
걸어가고 있었다.

그 아름다운 눈.
너의 그 눈을 볼 수 있는 건
세상에 나온 나의, 오직 하나
지상의 보람이었다.

그 눈은
나의 생(生)과 함께
내 열매 속에 살아남았다.

그런 빛을 가지기 위하여

인류는 헤매인 것이다.

정신은
빛나고 있었다.
몸은 야위었어도
다만 정신은 빛나고 있었다.

눈물겨운 역사마다 삼켜 견디고
언젠가 또다시
물결 속 잠기게 될 것을
빤히, 자각하고 있는 사람의.

세속된 표정을
개운히 떨어버린,
승화된 높은 의지 가운데
빛나고 있는, 눈

산정(山頂)을 걸어가고 있는 사람의,
정신의
눈
깊게. 높게.
땅속서 스며나오듯 한
말 없는 그 눈빛.

이승을 담이버린

그리고 이승을 뚫어버린

오, 인간정신미(美)의

지고(至高)한 빛.

— 「금강」 제3장 전문

**신좌섭**   눈동자는 여러 시에 등장하지요. 예를 들어 「종로5가」에서도 소년은 "죄없이 크고 맑기만 한 눈동자"로 등장하고, 시 「싱싱한 동자(瞳子)를 위하여」에는 "얼음 뚫고 새 흙 깊이 씨 묻어두자/새봄 오면 강산마다 피어날/칠흑 싱싱한 눈동자를 위하여"라고 눈동자가 등장합니다.

여러 맥락에서 볼 때 눈동자가 상징하는 것은 그 주체의 본성일 것입니다. '천진하게' 크고 맑은 소년의 눈동자는 별도로 하고 「빛나는 눈동자」나 〈석가탑〉에서 아사달의 눈동자는 '깨어 있는, 꿰뚫어 보는, 영원을 지향하는, 흔들리지 않는'과 같은 이미지인데, 「빛나는 눈동자」를 읽으면 저는 세 사람을 떠올리게 됩니다. '전봉준, 김수영, 신동엽'입니다. 인터넷을 검색하면 지금도 사진을 쉽게 볼 수 있는 세 사람 모두 실제로 빛나는 눈동자를 갖고 있었지요. 「금강」 제3장의 빛나는 눈동자는 인물로 치면 시인 자신, 수운, 혹은 전봉준의 눈동자를 의미하는 것으로 이해했습니다.

그러나 보다 넓은 의미로 보면 '민중의 혼, 정신' 같은 것을 의미한다고도 생각합니다. "세상에 항거함이 없이,/오히려 세상이/너의 위엄 앞에 항거하려 하도록/빛나는 눈동자./너는 세상을 밟아디디며/포도알 씹듯 세상을 씹으며/뚜벅뚜벅 혼자서/걸어가고 있었다.” 같은 시구에서 그 같은 연상을 할 수 있습니다.

맹문재 궁금했던 면이었는데 비로소 이해가 되네요. 제6장에서는 “우리들에게도/생활의 시대는 있었다”고 노래하고 있습니다. 즉 지주도 없고, 관리도 없고, 특권층도 없고, 그 대신 평등한 노동과 평등한 분배가 이루어진 것이지요. 그런데 우리는 외세를 자랑처럼 모시고 들어왔고 갈라진 조국에 살기 때문에 마치 “너와 나의 쌀밥에/누군가 쇳가루 뿌려놓은 것 같”다고 노래하고 있습니다. “생활의 시대”는 언제일까요?

신좌섭 제5장에서 백제, 마한의 원시공동체적인 삶을 이야기한 후에 곧바로 “생활의 시대”라는 표현이 등장합니다. 마한 땅의 부리달이라는 사내가 다섯 살배기 아들을 맴매하자 동네 할아버지 아소가 부리달과 자기 자신을 사흘 밤낮 벌주는 장면이 나오지요. 아이 하나 키우는 데 온 동네가 마음을 모으던 생활의 시대에 관한 이야기입니다.

　제6장에서는 보다 상세한 모습이 그려지는데, 요약하자면 “평화한 두레와 평등한 분배의/무정부 마을/능력에 따라 일하고/필요에 따라 분배”하는 사회주의적 · 무정부주의적 원시공동체를 이상적인 삶으로 묘사했습니다.

　그리고 이 같은 이상적인 삶이 왜곡되는 모습이 “언제부터였을까,/살림을 장식하기 위해 백성들 가슴에/달았던 꽃이, 백성들 머리 위 기어올라와,/쇠항아리처럼 커져서 백성 덮누르기/시작한 것"으로 표현됩니다.

위 본연의 "생활의 시대"가 「시인정신론」에서 말하는 원수성(原數性) 세계일 것이고, 쇠항아리가 덮누르는 왜곡된 삶의 시대가 차수성(次數性) 세계, 그리고 다시 본연을 회복하는 삶의 시대가 귀수성(歸數性) 세계일 것입니다. 이 같은 3단계의 독특한 설정은 간혹 비판의 대상이 되지만, 시인이 이상적인 삶의 방식을 논하는 일종의 '문명기획자'여야 한다는 아버님의 지론에 부합하는 것으로 봅니다.

그런가 하면 4·19의 혁명으로서의 좌절만이 아니라 근본적 한계를 은근히 경계하는 것으로도 보입니다. 사실 진정으로 새로운 삶의 방식이 전취되지 않는 한 껍데기만의 혁명이지요.

**맹문재** "생활의 시대"에 대한 아주 구체적인 설명이네요. 제10장~제11장에서 "하늬"는 북한산 골짝을 헤매다가 궁에서 도망 나온 여자를 만납니다. 황해도 해주 여자였는데, 아버지가 경복궁 개축공사에 끌려와 등짐을 지다가 사고로 목숨을 잃어 장사를 지내드린 뒤 돌아가다가 노파에 끌려 궁으로 들어간 사연을 가지고 있습니다. "고구려의 밭,/백제의 씨"인 두 사람은 금강 언덕으로 가기로 합니다. "하늬는,/김진사네 집 머슴/돌쇠가 주워다 기르고 있었"는데, 배고파 울다가 김진사 집에서 쫓겨나 "부소산 너머 뒷개 사는/조 할머니가 앞치마에 꾸려다/길"(제8장)러졌

습니다. 허구적인 인물인 신(申)하늬를 작품에 등장시킨 의도는
무엇일까요?

**신좌섭** 하늬라는 가상의 인물을 등장시킨 것에 비판적인 견해가 있는
데, 전지적 시점의 화자(話者) 외에 하나의 역사적 주체로서 스
스로의 길을 선택하는 누군가가 필요했던 것으로 보입니다. 전
봉준 등 역사적 인물의 실제 삶에 매이다 보면 표현할 수 없는
것이 적지 않지요. 이 같은 한계를 뛰어넘으려는 장치로 파악되
고 이런 점에서 볼 때 필수불가결한 등장인물이었을 것입니다.
하늬의 출생과 다리를 절게 된 사연, 김 진사에게 몸을 더럽힌
아내의 자살, 진아와의 만남, 하늬가 전봉준과는 다른 투쟁 노
선을 주장하거나 혁명의 실패 후 형장으로 찾아가 스스로 죽음
을 택하는 장면, 아기 하늬의 탄생, 그리고 수십 년 후 종로5가
의 소년으로 이어지는 서사가 하늬가 필요했던 중요한 이유일
것입니다.

　「금강」이 역사적 사실, 허구적 인물, 전지적 시점의 화자, 그
리고 틈틈이 등장하는 또 다른 화자와 같은 다층적 구조를 가진
데에는 작가 자신의 의도가 있는 것으로 보입니다. 앞에서도 언
급했지만, 애초 「금강」을 집필할 때 시와 음악, 회화, 무용이 어
우러지는 "교향시극(交響詩劇)"을 염두에 두었기 때문이지요.

　시극 〈그 입술에 파인 그늘〉, 오페레타 〈석가탑〉, 라디오 방송
대본, 생전에 추진했던 오페라 〈아사녀〉, 기획 단계였던 서사시
「임진강」 등과 더불어 '종합 문화기획자'로서의 모습을 여기서

수운 최제우

법무아문으로 이송되는 전봉준 장군(1895. 2. 27)

도 발견할 수 있습니다. 앞에서 언급한 '문명기획자'로서 대중을 각성시키고 변화시키기 위해서는 단지 시의 영역을 넘어서서 '종합 문화기획자'가 되어야 한다고 생각하셨지요. 이런 관점에서 보면 「금강」이 새로운 의미로 다가오는 것 같습니다.

**맹문재** 「금강」에 대한 폭넓은 해석을 해주셨네요. 제12장~제17장까지 동학농민혁명의 상황을 그렸습니다. 제12장에서는 전봉준이 서장옥의 소개로 1888년 동학에 입도한 사실이며 속리산 기슭에서 전봉준이 해월 최시형을 만난 사실을 소개하고 있습니다. 해월은 1898년 44년간 탄압에 쫓기면서 동학 조직을 하다가 서울 광화문 밖 교수대에서 순교했습니다. 제13장에서 전봉준은 서울 서소문 밖 객줏집에 묵으며 인심과 세정을 살피면서 "충청도 사람/신하늬와 의형제를 맺"습니다. 제14장에서는 1892년 호남 삼례역에 3천 명의 군중이, 1893년 광화문 광장에 3천 명의 군중이 모여 동학을 허락해달라고 호소합니다. 전라도 관찰사는 허락하지 않았으며 왕은 사흘 동안 추위와 허기에 99명의 군중이 쓰러졌는데도 답이 없었습니다. 15장에서는 1893년 전주, 익산, 고부 등에서 폭정을 견디지 못한 농민이 반란을 일으킨 것을, 제16장~제17장에서는 동학농민혁명의 상황을 그렸습니다. 1894년 전봉준이 이끄는 5천 명의 농민이 고부 군청으로 진격해 관아를 불태우고 무기고를 부수고 전주성까지 입성했습니다. 동학농민혁명은 동학 교리가 토대로 된 것인지, 아니면 농민들의 의식에 의해 발생된 것인지, 어떻게 생각하시는지요?

**신좌섭**　「수운(水雲)이 말하기를」이라는 시를 보면 "수운이 말하기를/하
눌님은 콩밭과 가난/땀 흘리는 사색 속에 자라리라./바다에서
조개 따는 소녀/비 개인 오후 미도파 앞 지나가는/쓰레기 줍는
소년/아프리카 매 맞으며/노동하는 검둥이 아이,/오늘의 논밭
속에 심궈진/그대들의 눈동자여, 높고 높은/하눌님이어라." 라
는 구절이 나옵니다.

　수운 최제우 선생은 현실의 권력만이 아니라 천상의 절대자
도 인정하지 않았고 깊은 사색에 의해 우주의 허무를 깨달은 사
람은 누구나 하늘님이 될 수 있다고 했지요. 이 같은 정신을 토
대로 한 '사람이 하늘'이라는 교리가 썩을 대로 썩은 조정과 탐
관오리, 외세의 침탈에 분노하던 당대의 농민 정신과 맞아 떨어
졌다고 생각합니다. 동학 이후에도 증산 강일순, 소태산 박중빈
등이 등장하여 한국 근대 민중 종교사상의 큰 흐름을 형성하는
맥락에서 보면 그만큼 민중의 요구가 차고 오를 데까지 올랐던
시기였음을 알 수 있습니다.

　말하자면 동학의 교리와 학정에 시달리던 민중의 요구가 만
나서 하나의 거대한 흐름을 형성한 것입니다.

**맹문재**　동학농민운동을 통합적인 관점으로 바라보고 있는데 일리가 있
네요. 제18장에서는 왕실의 파병 요청을 받은 청나라가 6천 명
의 군대를 이끌고 상륙하자 일본군도 5천 4백 명이나 이끌고 인
천에 상륙해, 결국 1894년 청일전쟁이 일어난 상황을 그리고 있
습니다. 제20장~23장에서는 청일전쟁이 일본의 승리로 끝나자

일본은 동학 농민들의 씨를 말려버린 다음 왕족과 흥정해서 조선을 식민지화하려는 속셈으로 1894년 군대를 왕군과 함께 금강 방면으로 남진시켰습니다. 이에 맞서 전봉준도 전 동학 농민군에게 논산벌로 모이길 긴급 동원령을 내렸습니다. 그렇지만 최신식 화력을 갖춘 일본군에게 대패해 10만 명의 동학 농민군이 전사했고, 동학 농민의 가족은 학살당하고 곤욕을 당했습니다. 전봉준도 참수되었습니다. 신하늬는 전봉준에게 전주성에서 머뭇거리지 말고 "그길로 서울 밀고 올라가/중심 도려냈어야 했"다고 말했습니다. 그리고 지금이라도 늦지 않았으니 "밤으로, 산으로,/오륙십 명씩,/2백여 개의 유격대 나누어/북상시키십시오"라고 제안합니다. 신하늬의 의견에 대해 어떻게 생각하시는지요?

**신좌섭** '특별 출연' 시킨 하늬의 입을 통해 한 말이니 아마도 작가의 생각이었을 것입니다. 전주성에서 머뭇거리지 말고 밀고 올라가자는 강경파 입장은 실제로 동학군 내에 존재했던 것으로 압니다만, 유격대 이야기는 작가의 생각이었던 것 같아요.

아버님은 당시에도 국제 정세에 밝았고 중국 혁명이나 제2차 세계대전 후 민족독립운동에도 깊은 관심을 갖고 있었습니다. 이런 관점에서 볼 때 동학농민혁명의 실패를 아쉬워했을 것이고, 그 대안을 하늬의 입을 빌려 표현한 것이라고 봅니다.

**맹문재** 그럴 수 있겠네요. 제23장에는 전봉준을 비롯한 손화중, 최경

이사벨라 버드 비숍 여사

선, 김덕명, 성두한, 김개남, 성재식 등의 참수된 머리가 서소문 밖 장터 네거리에 걸린 장면이 나옵니다. 영국의 이사벨라 버드 비숍(Isabella Bird Bishop) 여사는 그 모습을 "혁명 지도자들/얼굴마다,/서릿발이, 엄숙하고/잘생겼더라."라고 표현했습니다. 신동엽 시인이 비숍 여사의 글을 어떻게 읽었을까요? 김수영의 시 「거대한 뿌리」에서도 비숍 여사가 나오지요.

신좌섭　비숍의 『조선과 그 이웃 나라들』이 한글로 번역된 것은 1990년 대이니까 아마도 두 분 다 일어판으로 접하셨을 거예요. 신동엽 문학관의 소장 목록에는 없는데, 오래전 책장에서 비슷한 제목의 일어책을 본 기억이 있습니다. 집 어딘가 있을지도 모르겠네요.

　　비숍 여사가 19세기 말 한국의 지배계급에 대해서는 매우 비판적인 반면 백성들에 대해서는 우호적인 편이었고, 청일전쟁과 동학농민혁명, 김개남, 전봉준 등의 동학농민혁명 지도자들에 대한 기록을 남겼습니다. 혁명 지도자들의 위엄을 외국인의 눈으로 통해 표현하고자 했겠지요.

맹문재　신동엽 시인이 읽은 비숍 여사의 책이 발견되면 좋겠네요. 학계와 문단에서도 큰 관심을 보일 것이에요. 제24장~26장까지는 동학 농민전쟁이 끝난 뒤의 상황을 그리고 있습니다. "진아는/아들을 낳았다,/복슬복슬한/아기 하늬,"(제26장)라고 표현해 개인적인 차원을 넘어 반도의 아침이 열리는 것으로 의미화하고

The *tarantass* of the Chief of Police made nothing of the obstacles on the road to Yantchihe, where we were to hear of a Korean interpreter. The level country, narrowing into a valley bordered by fine mountains, is of deep, rich black soil, and grows almost all cereals and roots. All the crops were gathered in and the land was neatly ploughed. Korean hamlets with houses of a very superior class to

KOREAN SETTLER'S HOUSE.

those in Korea were sprinkled over the country. At one of the largest villages, where 140 families were settled on 750 acres of rich land, we called at several of the peasant farmers' houses, and were made very welcome, even the women coming out to welcome the official with an air of decided pleasure. The farmers had changed the timid, suspicious, or cringing manner which is characteristic of

비숍의 『조선과 그 이웃 나라들』

있습니다. 역사는 조금씩 전진하는 것으로 보고 있는 것이지요.

　동학농민혁명이 일어난 다음 해 정월 보름날 서정리(西井里) 역에서는 왕군, 왜군, 동네 토반, 유림들이 합세해 마을 농민 27명을 능지처참했는데, 신하늬는 자진해서 죽음을 택하였습니다. 신하늬의 순정무구한 정신을 무엇이라고 말할 수 있을까요?

**신좌섭**　아버님의 여러 글을 보면 "영원의 하늘"을 꿈꾸는 사람은 으레 스스로 죽음을 택하지요. 「금강 잡기(雜記)」의 여승들이 그렇고, 오페레타 〈석가탑〉의 아사녀도 그렇고요. 「시인정신론」에서 말하는 '원수성(原數性), 차수성(次數性), 귀수성(歸數性)' 세계에서 귀수성 세계로의 길은 머나먼데 차수성 세계를 벗어나지 못한, 그러나 "영원의 하늘"을 본, 깨달은 자의 길은 죽음, 씨앗을 남기는 죽음이라고 생각하셨겠지요. 다소 난해한 시 「강」에서는 죽음이 새로운 생명을 의미합니다. 스스로 죽이는 자 다시 태어날 것이라는 말이지요. 아마도 이 모두를 의미하는 것으로 보입니다.

**맹문재**　'후화(後話) 1'에서 작품의 화자는 밤 11시 30분 종로5가 네거리에서 길을 묻는 소년을 만나 "죄없이 크고 맑기만 한/소년의 눈동자가/내 콧등 아래서 비에/젖고 있었다."라고 안타까워하고 있습니다. 신동엽 시인이 어린 소년을 작품의 후화에 등장시킨 의도는 무엇일까요?

**신좌섭**  그 바로 앞 제26장에서는 진아가 아기 하늬를 낳고, 하늬는 스스로 형장으로 걸어 들어가 죽음을 맞이합니다. 아기 하늬로부터 기껏해야 2대가 더 흘렀을 시기이지만 세상은 이미 크게 달라졌고, 아기 하늬가 농사꾼이 되었다면 그 아들은 대지에서 뿌리 뽑혀 서울로 이농한 공사판 막노동자, 또 그 아들은 공장 노동자가 되어 있을 시기입니다. 동학농민혁명, 3·1운동, 4·19에 이은 또 다른 혁명, 특히 계급혁명을 암시하는 대목이라고 생각합니다.

사실 「금강」에 하늬라는 가상의 인물을 등장시킨 것에 대해 비판적인 견해가 있는데, 아기 하늬의 탄생, 종로5가의 소년으로 이어지는 서사가 하늬가 필요했던 중요한 이유의 하나일 것입니다.

**맹문재**  "하늬"의 존재가 좀 더 이해되네요. '후화(後話) 2'에서는 1894년 동학농민혁명, 1919년 3·1운동, 1960년 4·19혁명을 소개하면서 점점 피를 적게 흘린 점을 중요하게 인식하고 있습니다. 그리하여 "이제 오리라,/갈고 다듬은 우리들의/푸담한 슬기와 자비가/피 한 방울 흘리지 않고/우리 세상 쟁취해서/반도 하늘 높이 나부낄 평화"를 희망하고 있습니다. 그것이 "찬란한 혁명의 날"이라고 말합니다. 신동엽 시인이 꿈꾼 세계는 가능할까요?

**신좌섭**  4·19혁명 이후 1980년 5월의 잔혹한 역사가 있지만, 이것은 군부에 의해 일방적으로 자행된 것이고, 1987년 6월 민주항쟁, 2016년 겨울 촛불혁명을 돌이켜보면 '찬란한 혁명의 날'이 불가능하지는 않은 것 같습니다. 우리의 무혈혁명 역사를 전 세계가 부러워하고 있지요.

이 같은 역사적 통찰이 무척 놀랍습니다만, 살아 계셨다면 2019년 오늘도 아직 멀었다고 말씀하셨을 거예요. 계층 간 이동이 완전히 단절되고 계급사회가 고착되었을 뿐더러 「금강」 제6장에 나오는 "큰 마리낙지 – 새끼낙지 – 말거머리"의 지배구조, "갈라진 조국,/강요된 분단선."은 사라지지 않았으니까요.

**맹문재** 오늘 「금강」 읽기를 통해 많은 것을 배웠습니다. 깊이 있는 말씀 감사해요.

(『푸른사상』 2019년 가을호, 110~127쪽)

제4부

# 산문 세계

# 산문 세계

**맹문재**  신동엽 시인은 산문 「서둘고 싶지 않다」(『동아일보』, 1962년 6월 5일)에서 『노자』의 '거위(居位)'에 나오는 말인 '치대국약팽소선(治大國若烹小鮮)'을 인용하면서 시와 사랑과 혁명을 생각하고 있습니다. 나라를 다스리는 일을 작은 생선을 익히는 것과 같이 하라는 노자의 말대로 인생을 조용히 살아가려고 한 것으로 보이네요. 언뜻 생각해보면 조용히 사는 일과 시, 사랑, 혁명을 추구하는 일은 대치되는 것으로 보이는데요. 이 점을 어떻게 설명할 수 있을까요?

**신좌섭**  「서둘고 싶지 않다」는 아버님의 성품과 인생관을 그대로 드러내고 있는 글이라고 생각합니다. "대국을 다스림은 흡사 조그만 생선을 지짐과 같아야 한다."는 『노자』의 구절을 인용하면서 "조그만 생선을 지지면서 젓갈 수저 등을 총동원하여 이리

# 서둘고 싶지 않다

申東曄

내 故鄕 사람들은, 봄이오 다. 키 겨름 속도겨 면 새파란 풀 틈을 소모시키고 든 행복을 소모시키고 가마솥에 자운 이다. 흿 것을 본 것이 영 森蛇를 말 생, 내 人生設計의 년 틀을 셀어넣어 살아가지고 지기다 소 금으로 기름을 쳐서 세살 짜리도, 七旬할아버지도 웃물을 흘리며 우구려 는다. 그리고 마침내 눈이 다. 그리고 洪水가 온 다. 洪水는 장독, 상사 리고 너무나 흥흥헸던 그 人生諦念으로 말미암아 抵抗하지 않았던 이자 버렸다. 남은것은영은, 『治大國 若烹小鮮』 老子 五千言속에 있 는 것이다. 나도 내 人生만은조 오늘, 人類의 外皮는 人間들의 內質이다. 이것이 달아나 버린다. 大國을 다스림을 용이 다스려 보고싶

는 말이다.

다. 큰소리 떠든다고세 상 정치가 잘되는것이 소년시절의 인생의 꿈 은 사리고있었다. 호밀 언젠가 부우연 사 이 맬 무렵, 나는 범학교 교복 교모로 綿 江 줄기 거슬러 올라 가는 조그만 발동선갑 판위에 서 있은 적이 있었다. 그 때 뱃 머 펼쳐 붙순없다. 부서져서 가득이나 작 마 아니지나면 가로 석해 왔으면, 일생을 詩로 장 命」과 「詩」와 「사랑과 「革 며 「詩」를 생각했다. 나고 서둘고 싶진않다

너무 극성을 부리고있 사 조그만 生鮮을지 집과 같아야 한다느 조그만 生鮮을지지 아니듯이 바삐 서둔다 들 이 리 저리 뒤집고갖 아오진 않을겄이다. 그 동원하여 이리 뒤집고갖 지리 붙이고 뛰집고갖 때까지 산과들을바람결 처럼 흘리 것이 가는 것이다.

엎 지 않을

마 아니지나면 육기 진은 새 내 일생을 사랑으로 채워 일생을 革命으로 불질러 봤으면. 그렇 세월은 흐른다. 그 사라 작으면 꿈을 싣고 사라 져 갈것이다. 그 사라
◇詩◇

『동아일보』 1962년 6월 5일

부치고 저리 부치고 뒤집고 젖히고 하다 보면 부서져서 가뜩이나 작은 생선살이 하나도 남아나지 않을 것은 물론"이라고 설명을 붙이고 있지요.

나라를 다스리는 일은 시끌벅적하게 큰소리 내고, 수선 떨고, 경쟁하고 과시하면서 할 일이 아니며, 작은 생선 지지듯이 조심스럽게, 물 흐르듯이 자연스럽게 할 일이라는 것이지요. 무위(無爲)와 상통하는 이야기일 것입니다. 이와 마찬가지로 본인의 삶도 자연스럽게, 수선스럽지 않게 다스려 나가겠다는 인생관을 피력하고 계신 것으로 보입니다. "수선 떨지 말라"거나 "차분하게 아랫배에 힘을 주고 임하라"는 이야기는 자식들에게도 종종 하시던 말씀입니다.

'작은 생선을 지지듯 조심스럽게' 살아간다는 것과 '시, 사랑, 혁명'으로 일생을 채운다는 것이 얼핏 대치되는 것처럼 보일 수도 있겠지만, 시도, 사랑도, 혁명도 겉껍질로 시끌벅적하게 큰소리 내고, 수선을 떨고 서두른다고 해서 얻어지는 것이 아니라는 것이 아버님의 생각이었을 것입니다.

진정한 시와 사랑, 혁명은 '더하고', '가식하고', '위장하는 것이 아니라', 오히려 '덜어냄'을 통해 본연으로 돌아감으로써 얻어지는 것이니, '작은 생선을 지지듯' 살아가는 삶과 서로 대립하는 것은 아니겠지요. 또 「시인정신론」을 염두에 둘 경우 「서둘고 싶지 않다」의 마지막에 나오는 '혁명'이 시인의 혁명이고 '차수성 세계가 건축해놓은 기성 관념을 철저히 파괴하는 정신혁명'이라고 본다면 그 의미를 더 잘 이해할 수 있을 것 같습니다.

**맹문재**   잘 들었습니다. 다음으로 「금강 잡기(雜記)」(『재무』, 1963년 10월)
에는 젊은 세 여승이 강 속으로 걸어 들어가 생을 마감한 이야
기가 나옵니다. 여승들은 조약돌이 가득 담긴 바랑을 허리와 어
깨에 졸라매고 나란히 서서 강 속으로 들어갔습니다. 부여에 있
는 유서 깊은 고찰(古刹)에서 이틀을 묵는 동안 보트도 타고 모
래성도 쌓고 사탕 장사 아저씨와 농담도 주고받은 것은 물론 주
지와 기념 사진사 아저씨와 작별인사까지 나누었습니다. 세 여
승이 강 속으로 걸어 들어갈 때 난데없이 10분 정도 주먹 같은
소나기며 무서운 뇌성이 온 천지를 뒤엎었습니다. 그중에 18세
된 여승의 시체만이 발견되었습니다. 신동엽 시인은 그들의 죽
음에 고개를 숙이며 예술이 지니는 어떤 지상의 자세를 생각합
니다. 이 의미를 무엇이라고 생각할 수 있을까요?

**신좌섭**   글에 나오는 젊은 세 여승은 경주에 있는 무슨 절인가에서 두
달 동안의 승려 재강습을 받고 자기들 사찰인 무량사로 가던 도
중 부여의 한 고찰(古刹)에 들러 쉬어 가던 참이라고 했습니다.
열여덟, 스물둘, 스물넷의 어린 나이였던 여승들이 보트도 타고
강가에 모래성도 쌓고 사탕 장사, 사진사 아저씨와 가벼운 농담
도 주고받으며 조용히 즐겼다니, 절에서 수도를 하느라 눌러두
었던 소녀적 감성을 이승에서 마지막으로 발산하고자 했던 모
양입니다.

그들은 천진하게 놀면서도 사람들 몰래 조약돌을 주워 바랑에 가득 채운 뒤, 이것을 몸에 묶고 다음 날 새벽 강물의 중심을 향해 걸어 들어갔지요. 이 장면을 머릿속에 그리면서 아버님은 "무엇이 그들로 하여금 멀고 먼 그 겨냥을 향해 아무 잡티 없이 달려가는 빠른 화살이 되게 했을까?" 하는 의문을 갖습니다.

남들 눈에 띄지 않게 밤을 택하고, 물속 깊이 가라앉아 사람들에게 발견되지 않도록 무거운 자갈 바랑을 몸에 묶고, 유서나 유품 하나 없이 일렬로 승천하는 극적인 죽음 앞에 위대한 예술 같은 법열(法悅)을 느꼈다는 것입니다.

셋 중 유일하게 시체가 건져진 열여덟 여승의 왼쪽 팔뚝에 선명하게 새겨진 네 개의 우두 자국은 여승의 고향, 가족, 친구들에 대한 연상을 불러일으키고, 이승 저편 피안의 세계에서 무엇을 보았기에 이 같은 죽음을 택했는지를 묻습니다. 아버님이 '벗은 팔뚝의 우두 자국'에 특히 강한 연민을 느꼈다는 것은 지난번 대담에서도 이야기했었지요. 우두 자국은 그 여승의 탄생과 연관된 사람들을 호출하게 되고 어린 딸을 출가시킨 가족과 지인들의 궁핍하고 가련한 삶에 대한 연상으로 확산됩니다.

확인할 길은 없지만 아마도 실제로 있었던 일로 짐작되는데, 이 이야기에 담기어 있는 것은 '죽음의 미학'이라고 생각합니다. 구구한 사연이나 겉치레를 남기지 않는 죽음, 그 자체로서 완성을 추구하는 죽음, 구차한 육신과 이승을 툴툴 털고 피안을 향해 쏜살같이 날아가는 죽음의 미학 같은 것이 드러나 있는 것 같습니다. 아버님의 작품에서 주인공은 으레 죽음으로 서사를 완성하지요. 오페레타 〈석가탑〉의 아사녀, 시극 〈그 입술에 파인 그늘〉의 남녀 주인공, 서사시 「금강」의 하늬가 그렇습니다.

**맹문재** 말씀을 듣고 보니 신동엽 시인은 작품들에서 주인공의 죽음으로 서사를 마무리 짓고 있네요. 좀 더 고찰해볼 사항이네요. 다음으로 「시끄러움 노이로제」(『국세』, 1968년 1월)를 보면 신동엽 시인은 소음에 매우 민감했던 것으로 보여요. 외출할 때는 솜으로 두 귀를 막고 다녔고, 자극적인 장면을 보지 않으려고 색안경도 쓰고 다녔을 정도네요.

**신좌섭** 실제로 솜으로 귀를 막거나 색안경을 쓰고 다니셨느냐는 질문을 많이 받았습니다. 그러나 가족들 기억에 귀를 막고 다니거나 시내에서 색안경을 끼고 다니지는 않으신 것 같습니다. 산을 오를 때에는 색안경을 많이 쓰셨지만…….

「시끄러움 노이로제」라는 글에서 이렇게 표현한 것은 사람들의 이목을 끌기 위한 자극적인 소리, 극한적인 언어, 건물보다도 더 큰 간판 글씨 때문에 고통을 겪는 현대인을 강조하기 위한 것으로 보입니다. "볶아대는 기관총 소리 같은 약 광고", "온갖 상소리, 비명소리의 전람회장 같은 싸움판", "전혀 미술적인 고려 없이 원색으로 크고 무식하게만 쓰려고 경쟁한 간판들" 같은 문구들이 시끄러움, 소란스러움에 대한 거부감을 보여주지요.

아버님은 자신의 음성도 바리톤으로 나지막하고 조용조용했을 뿐 아니라, 수다스럽고 시끌시끌한 금속성 음성, 악다구니 쓰는 말투, 눈에 띄려고 과장되게 치장한 옷맵시 같은 것들을 좋아하지 않으셨어요. 그 덕분인지 우리 3남매 모두 차분하고 조용한 음성과 말투를 지니고 있습니다. 저 역시 시끄러운 것은 질색이고요. 말하자면 저도 '시끄러움 노이로제' 수준이지요.

아무튼 이 글에서 표현하고자 한 것은 도시화와 상업주의 덕분에 점차 수수함과 겸손함, 차분함을 잃어가는 현대문명에 대한 비판입니다. 요즘 TV 광고나 드라마를 보셨으면 아마 질겁하셨을 거예요.

**맹문재**    말씀을 들으니 신동엽 시인의 성품이 좀 더 선명하게 들어오네요. 다음으로 「산, 잡기」에서 볼 수 있듯이 신동엽 시인은 산을 매우 좋아했네요. 산은 가도 가도 싫증을 느끼지 않는다고 했고, 산을 타는 사람치고 눈동자가 맑지 않은 사람이 없다고 할 정도였네요. 함께하신 적이 있는지요? 또한 「냄새」라는 산문을 보면 땀 냄새를 찬미하고 있는데, 농촌 정서가 반영된 것으로 보이네요.

**신좌섭**    이 글에서 이야기하듯이 산을 무척이나 좋아하셨지요. 친구들과 술 드시는 것 빼고는 산에 오르는 것이 유일한 취미라고 할 정도였습니다. 특히 북한산을 자주 찾으셨는데, 주로 우이동을 거쳐 백운대로 오르셨습니다. 1990년대 중반 어느 대학 산악회가 백운대 남벽에 제법 험난한 등산로를 개척하고 '시인 신동엽길'이라고 이름을 붙여놓았는데, 실제로 아버님이 자주 다니시던 길과 무관하지 않습니다. 아버님 사진 자료도 산에서 찍은 것이 많지요.

제가 열 살 되던 해에 돌아가셨지만, 몇 차례 등산을 따라간 기억은 남아 있습니다. 우이동에서 백운대 쪽으로 오르다가 등산로를 벗어나 한적한 곳에 자리를 잡고 김치찌개를 끓여 먹던 기억이 생생합니다. 산에서 취사를 하거나 담배를 피우는 것이 허락되던 시절인데, 찌개를 끓이다가 저더러 물을 좀 얻어 오라고 하셔서 다른 등산객들에게 얻어 왔던 기억이 납니다. 지금도 북한산에 가면 그 장소를 쉽게 찾을 수 있어요.

으레 등산용 파카에 군화를 신고 군용 반합과 버너를 가지고 다니셨는데, 돌아가신 후 한동안 제가 등산 다닐 때 쓰다가 지금은 부여 문학관에 전시하고 있어요. 산에 오르면 으레 별말씀 없이 조용히 담배를 피우거나 심호흡을 하고 바위에 앉아 생각에 잠겨 계셨습니다. 시상(詩想)을 다듬거나 생각을 정리하는 시간이었을 것입니다.

아버님은 「냄새」라는 산문에 썼듯이 가식적이고 인공적인 것을 무척 싫어하셨습니다. "옆을 지나가던 여인의 지분(脂粉) 냄새에서 여성을 그리워하던 젊은 시절은 얼마나 철없는 시절이었던가 하고. (중략) 어린것의 요에서 풍기는 비릿한 지린내에서 부성애의 극치를 체험한다. 땀에 전 지게꾼의 담배쌈지에서 풍겨오는 체취, 흙 속에서 생생하게 올라오는 우주의 향취"라는 문장에서 이런 취향을 읽을 수 있지요. 자연 그대로의 냄새, 흙과 대지의 냄새, 노동과 고단한 삶의 냄새, 이런 것들에 대한 깊은 애정을 표현한 셈인데, 실제로 목욕탕 가는 것을 별로 좋아하지 않으셨고 화장품을 쓰지 않았지요.

맹문재 「나의 이중성」(1951년)을 보면 신동엽 시인은 수줍음이 많았던 것으로 보이네요. 그리하여 표현이 서투르다 보니(특히 이성에게) 다른 사람들로부터 냉정한 사람, 엄격한 사람으로 비추어지기도 했네요. 실제로 그런 모습이었는지요?

신좌섭 이 글에서 '이중성'이란 "내부의 생명과 외부의 표정의 불일치"로 정의되어 있는데, 말하자면 내면적인 정서를 외부적으로 잘 표출하지 못하는 것을 뜻하지요. 이 글은 22세 무렵 어떤 개인적인 사건을 성찰하는 것이어서 이후 30대의 모습과 비교하면 다소 과장되어 있을 것으로 보입니다. 그러나 이 글에서 짐작할 수 있는 것처럼 상당히 내성적인 성격이었던 것은 맞고 이런 천성적 특질은 쉽게 변하지 않지요.

이중성을 말하면서, 다른 사람의 호의가 고맙게 생각되고 호의에 적극적으로 보답해주고 싶지만, 자신의 언동이 이것을 자유스럽게 들어주지 않기 때문에 부동하는 정적인 태도를 취하게 되고 그러면 "나는 그들로부터 돌처럼 냉정한 사람, 사귈 수 없이 엄격한 사람이라는 화인(火印)을 찍히게 된다"고까지 기록하고 있습니다. 낙인이 찍히게 된다는 것은 이후 자신이 변하고자 해도 그들의 시선 때문에 변할 수 없다는 것을 의미하지요.

아마도 이런 생각 때문에 장년기에는 대화의 방식을 많이 바꾸셨을 것입니다. 주변의 많은 사람들이 기억하듯이 자기주장을 잘 내세우지 않고, 긍정하고 받아주는 대화 자세를 유지한 것도 이와 무관하지 않을 것으로 보입니다.

이런 성격이라고 해도 "글월의 형식으로써만 표현할 수 있다면 자유스럽게 대할 자신이 있다"고 했던 데서 확인할 수 있듯이 문인으로서야 불편함이 없었겠지만, 시인이 아닌 생활인으로서는 불편을 많이 겪으신 것으로 기억합니다. 이런 성격 때문에 어머니도 많이 힘드셨을 것이고요.

제가 초등학교 들어갈 무렵 외가에 큰 잔치가 있었어요. 이북에서 같이 내려온 친척분의 회갑이었던 것으로 기억하는데, 어떤 이유에서인지 어머니는 가지 못하고 아버님이 가족 대표로 참석해야 하는 상황이 되었습니다. 그런데 아버님이 혼자 가는 것을 어색해하시자 제가 따라가게 되었습니다. 당시 황금정(黃金町), 그러니까 지금의 명동 인근의 큰 음식점이었던 것으로 기억하는데, 아버님은 음식점 밖에서 한참을 머뭇거리다가 들어가서는 회갑을 맞은 주인공에게 인사만 드리고 축의금을 내고는 제 손을 잡고 나오셨어요.

남들 같으면 좀 어색해도 큰절하고 덕담 나누며 너스레 떨다가, 한 상 차려 먹고 나왔을 텐데, 이런 일상적 상황을 잘 처리하지 못하셨지요. 지금도 그때를 생각하면 빙긋이 웃음이 나옵니다. 그곳까지 따라간 저에게 미안하셨는지 제법 비싼 장난감을 하나 사주셔서 오래 갖고 놀았습니다. 외할머니가 회갑 잔치

분위기를 어머니에게 전달했을 것이고, 그날 이후 며칠간은 집안 분위기가 싸늘했습니다. 이런 내성적인 성격은 자식들이 대부분 이어받았어요. 저도 사실 사교적이지 못하고 꼭 할 말만 하는 성격이라 대인관계에서는 손해를 보는 일이 많고, 이런 품성은 제 딸아이에게까지 이어진 것을 관찰합니다. 피가 어디 가겠어요?

**맹문재** 「어느 날의 오후」(1952년)는 슬픈 사연을 담고 있는 아름다운 산문이네요. 이 산문에 나오는 'A.S'란 분에 대한 얘기를 들은 적이 있는지요? 시골길을 혼자서 걸어가는 그녀의 아버지 뒷모습이 눈에 선하네요. 그녀의 아버지 모습을 한국전쟁으로 인한 "조선 사람들의 고적(孤寂)"한 전형으로 해석한 것도 눈길을 끄네요.

**신좌섭** 전쟁이 휩쓸고 간 궁핍하고 쓸쓸한 고향 부여의 모습을 잔잔하게 그리고 있는 수필이지요. 억새풀이 붉게 익어가는 늦가을 백마강 가의 스산한 풍경 속에서, 전쟁통에 실직한 무직자들이 쌀 한 됫박이라도 벌어보려고 방죽 물을 말라붙게 해 물고기를 주워 담는 수선스런 모습, 그리고 인근 마을 청년들에게까지 선망의 대상이었던 고운 딸의 비극을 감내해야 하는 사내의 쓸쓸한 뒷모습이 눈에 선하게 펼쳐집니다.

더구나 이 사내의 딸 'A.S'는 "자기의 빛나는 젊음을 통틀어 나에게 바칠 것을 언약했던" 사람이라서 그분의 비창(悲愴)과 그 아버지의 고뇌가 더욱 절실하게 다가오는 모습입니다.

여기 나오는 'A.S'라는 분을 알지는 못하지만, 어머니를 포함한 지인들의 말에 따르면 어머니를 만나기 전, 고향 부여에서 깊게 사귄 두세 명의 여성이 있었다는데, 그중의 한 분인 것 같습니다. 어머니 표현에 의하면 "고향 마을에 연상의 여인이 있었는데, 전쟁통에 불행을 겪었다고 들었다."고 했습니다. 20세 무렵, 한국전쟁을 전후한 일기장의 다른 곳에도 A.S가 몇 차례 등장하지요.

기록을 통해 식별이 가능한 또 다른 한 명은 노문 선생님이 쓴 「석림 신동엽 실전(失傳) 연보」에 등장하는 '석지(石志)'라는 이름의 장흥 출신 여자 빨치산입니다. 대전 연합대학 시절에 공주 교도소에서 형기를 마치고 나온 석지라는 여성을 만나게 되었는데, 친구 구상회 선생의 소개였다고 하지요. 이후 석지는 부여에 정착해 살았고, 어머니도 부여의 문학동인 '야화(野火)' 모임에서 이분을 만난 적이 있다고 했지요. 뭔가 남다른 분위기와 매력을 풍기는 이지적인 여성이었는데, 아버님과 야화 동인들, 그리고 석지라는 분이 어머니가 끼어들 수 없는, 자기들만의 세계를 갖고 있는 것 같아 많이 언짢았다고 하셨습니다. 충분히 그런 분위기를 풍길 수 있는 관계였을 것입니다.

**맹문재** 아름답기도 하고 슬프기도 한 사연들이네요. 다음 산문 「엉뚱한 이론」(1951년)에서 신동엽 시인은 인간은 생식을 위해 살아간다고 주장하고 있어요. 인간 생활의 성적인 자유를 자연의 순리라고 보는 것이지요. 신동엽 시인은 일상생활에서 관습이나 제도 등으로부터 자유로움을 추구하셨는지요?

**신좌섭**  글쎄요. 아버님은 흔히 예술가들에게서 기대하는, 관습, 제도로부터 탈피한 자유로운 영혼과는 거리가 먼 분이셨지요. 일상생활에서는 오히려 지나칠 정도로 엄격하게 봉건적인 질서를 추구하고 지키셨던 분입니다. 돌아가시기 얼마 전에는 자신의 운명을 짐작하고 밤새 술을 드시는 등 흔들리는 모습을 많이 보이셨다고 알고 있습니다만, 그전에는 외박 한 번 하지 않는 성격이었지요. 함께 어울려 자면서 밤새 이야기 나누자는 친구들의 청을 따돌리고 귀가해버려, 친구들의 화를 돋우는 일도 많았던 것으로 알고 있습니다.

이 글이 얼핏 성적인 일탈과 자유를 주장하는 것으로 읽힐 수도 있지만, 말하고자 하는 요지는 다른 곳에 있는 것 같습니다. 인간이라고 특별한 생명체가 아니고 본질적으로는 '아메바'와 차이가 없는 동물이다. 인간에게만 있는 것 같은 명예, 유희, 이런 것들도 그 이면에서는 결국 동물적인 성적 욕구를 추구하는 행위일 뿐이다. 인간의 지상 목적은 정치도 아니고, 철학도 예술도 아니고 다만 자연의, 생명의 '순리'일 뿐이다. 이런 논지의 글이 상당히 길게 이어지는데, 사실 이 부분은 당시 읽던 책의 내용을 정리한 것으로 짐작됩니다. 자신의 논지를 제시한 후반부의 글과 구분할 필요가 있지요.

그래서 "인간은 문명시대 이후로, 두뇌 신경의 교활한 발달

응용으로 말미암아 그것들에 의해 구속받고 있는 "성적 인간 생활의 자유"를 가지기 위하여 이름 좋은 질곡을 벗어던지기에 인간으로서의 총역량을 경주해야 한다. 두뇌 운동의 과잉이나 또는 탈선으로 말미암아 인간의 알몸 위에 축적되어가고 있는 '불필요한 문명'을 전 인류의 생활에서 집어 동댕이치고 태양광선의 작용에 의한 인간 생명의 순리에 가장 순리적으로 순응하여 살아가면 된다. 이것은 인간성의 해방에로 가는 유일한 길이다."는 것입니다.

요컨대 '자연 그대로의 본성'으로 돌아가자는 논지인데, "두뇌 운동의 과잉이나 또는 탈선으로 말미암아 인간의 알몸 위에 축적되어가고 있는 불필요한 문명"이라는 문구가 특히 눈에 들어옵니다. 오늘 우리 문명이 직면하고 있는 상황을 보면, 전 인류를 죽음으로 몰아넣을 수 있는 핵무기 개발 같은 것은 두뇌 운동의 탈선으로, 인간적인 삶에 대한 총체적 대책이 없는 맹목적 수명연장 같은 것은 두뇌 운동의 과잉으로 볼 수 있을 것입니다. 마찬가지 관점에서 보면, 지금 우리가 겪고 있는 코로나-19 같은 사태는 생태계를 문명으로 가득 채우려는 오만한 욕구에서 비롯되는 문명의 과잉 확대 정도로 해석될 수 있겠지요. 이렇게 보고 나면 불필요한 문명을 벗어버리고 인간 생명의 순리에 가장 순리적으로 순응하자는 것이 무슨 말인지 이해가 됩니다.

이런 불필요한 문명, 혹은 과잉 문명을 벗어던지고 본연의 자연으로 돌아가자는 주장을 담은 글로 해석됩니다. 21세에 쓰신 글이니까 아마도 '자연으로 돌아가자', '귀수성 세계로 가야 한다'는 생태학적 주장의 초기 맹아(萌芽) 정도가 되지 않을까 싶습니다.

**맹문재** 말씀하신 해석이 이해가 되네요. 평론 「시인정신론」(『자유문학』, 1961년 2월)에서 신동엽 시인은 현대를 진단하고 있습니다. 맹목 기능자의 시대, 상품화 시대, 대지를 이탈한 문명, 두 치 앞의 모이만 쪼아대는 닭의 정신인 소원(小圓)만 있을 뿐 대원적(大圓的)인 정신이 없는 시대 등으로 현대문명을 비관적으로 해석하고 있습니다. 또한 이 글에서는 원수성, 차수성, 귀수성의 개념을 사용하고 있어 주목되네요. 비유하자면 땅에 있는 씨앗의 마음이 원수성, 무성한 가지마다 열린 잎의 세계가 차수성, 열매로 땅에 돌아오는 씨앗의 마음이 귀수성으로 정리할 수 있겠네요. 이 글에서는 전경인(全耕人) 등의 개념도 사용하고 있어요. 시인의 시 쓰기와 관련해서 소개를 부탁드려요. 중요한 글이이나 몇 단락 인용해볼게요.

2

잔잔한 해변을 원수성(原數性) 세계라 부르자 하면, 파도가 일어 공중에 솟구치는 물방울의 세계는 차수성(次數性) 세계가 된다 하고, 다시 물결이 숨자 제자리로 쏟아져 돌아오는 물방울의 운명은 귀수성(歸數性) 세계이고.

땅에 누워 있는 씨앗의 마음은 원수성 세계이다. 무성한 가지 끝마다 열린 잎의 세계는 차수성 세계이고 열매 여물어 땅에 쏟아져 돌아오는 씨앗의 마음은 귀수성 세계이다.

봄, 여름, 가을이 있고 유년 장년 노년이 있듯이 인종에게도 태허(太虛) 다음 봄의 세계가 있었을 것이고, 여름의 무성이 있었을 것이고 가을의 귀의가 있을 것이다. 시도와 기교를 모르던 우리들의 원수성 세계가 있었고 좌충우돌, 아래로 위로 날뛰면서 번식 번성하여 극성부리던 차수 세계가 있었을 것이고, 바람 잠자는 석양의 노정(老情) 귀수 세계가 있을 것이다.

우리 현대인의 교양으로 회고할 수 있는 한, 유사(有史) 이후의 문명 역사 전체가 다름 아닌 인종계의 여름철 즉 차수성 세계 속의 연륜에 속한다고 나는 생각한다.

그래서 지금은 하늬바람을 눈앞에 둔 변절기가 아니면 이미 가랑잎 물들기 시작한 이른 가을철, 우리들의 발언은 천만 길 대지에로 쏟아져 돌아가기 위한 미미한 몸부림인지도 모른다.

두 치 앞의 모이만을 보고 일평생 쪼아 다니는 닭의 정신을 가리켜 소원(小圓)이라 한다. 눈과 모이와의 두 치 간격을 직경으로 하여 한 바퀴 돌려 원이 즉 그 닭의 정신의 크기이다.

문명에 관습되어온 소위 현대식 지성인이라고 불리어지는 소시민들의 정신적 둥근 원은 고층건물과 고층건물 사이의 거리를, 숙소와 직장과 오락장과의 사이를 또는 서명(書名)과 인명(人名)과 개념과 개념과의 정신적 거리를 직경으로 하여 돌려 그린 원의 크기와 동등하다.

가령 불전(佛典) 저술가가 던지고 간 정신 직경의 넓이는 그 어느 현상학적 체계가들이 던지고 간 그것보다 훨씬 멀고 멀었다.

한마디 이야기도 없이 한평생 길게 누워 졸다가 죽어 돌아간 사람이 있었다면, 나뭇잎에 고여 오른 이슬알이나 풍우에 밀려다니는 말 없는 모래알과 함께 그들의 정신적 환원의 크기란 부재(不在)이면서 최대재(最大在)인 우주환(宇宙環)의 기점이었다고 말할 수도 있을 것이다.

애석하게도 무엇인가 이야기하려 의욕하는 우리들의 처지와 지혜란 어중뜨기이다. 우리는 차수성 세계 속의 자손이기 때문이다.

그러나 규범지어진 속에서나마 최대재의 원을 지향하여 신명을 다스려 가고 있는 게 우리 인간 수도의 서글픈 역사가 아니었던가.


3


(중략)


우리 인류 문명의 오늘이 있는 것은 오직 분업문화의 성과이다. 그러나 그뿐 그것은 다만 이다음에 있을 방대한 종합과 발췌를 위해서만 유용할 뿐이다. 분업문화를 이룩한 기구 가운데 '인(人)'은 없었던 것이다. 분업문화에 참여한 선단적 기술자들은 이다음에 올 '종합인(綜合人)'을 위해서 눈물겹게 희생되어져가는 수족적 실험체들에 지나지 않을 것이다. '전경인(全耕人)'의 개념은 오늘 문명인들의 혐오와 멸시의 대상이 되고 있다. 편인(片人)들의 맹목 기능자적 집단발효에 의하여서만 자재로이 개미집은 이루어지고 개미집은 부서져가고 있기 때문이다. 그것은 흡사 거품 무리와 같은 것이다. 하여 그들이 집단작업으로 받들어 이룩한 축조물이란 다름 아닌 차수 세계적이요, 강집적(强集的)인 현상 건축인바 그 하나가 언어문화요 또 하나가 조형문화이다. 출발에 있어선 한갓 호주머니 속에 넣고 다니는 부대물로서 인간관계의 이기(利器)에 지나지 않았던 이들 조형성·언어성은 마침내 그의 내부 발전을 거듭함에 이르러 방대한 연대관계 위에 총과 조직을 형성하여 뭉게구름처럼 피어올라 오늘 인간의 대지를 덮었다.

흔히 국가, 정의, 원수(元首), 진리 등 절대자적 이름 아래 강요되는 조형적 내지 언어적 건축은 그 스스로가 5천년 길들여온 완고한 관습적 조직과 생명과 마력을 지니고 있는 것으로서 현대인구 거의 전부가 이 일에 종사하면서 이곳으로부터 빵을 얻어먹고 생의 근거를 배급받으며 다시 이것을 모셔 받들어 살찌게 만들어주고 있는 것이다. 대지에 발 벗고 눌어붙어 자급자족하는 준전경인적 개체들을 제외하고는 거의 모든 인구가 조직되고 맹종되고 전통화된 차수성적 공중기구 속에서 생의 정신적 및 물질적 근거를 급여받고 있다. 시야 가득히 즐비하게 솟은 이러한 조직과 체계와 산봉우리들은 제각기 특유한 생리와 특유한 수단 방법으로써 자체 생명의 이익을 확충시켜가면서, 허약한 공분모(公分母) 위에 뿌리박아 마치 부식작용하는 곰팡이의 집단처럼 번식해가고 있다. 하여 분자가 확대되면 확대될수록 한정된 어머니 즉 일정한 대지로부터 양식을 빨아들이는 그들 공중기구는 기근을 모면할 수 없을 것이며 영양실조에 빠지게 될 것이며 종국에 가서는 생존경쟁의 광기성에 휘몰려 맹목적인 상쇄로써 불경기를 타개하려고 발악하고 발광하고 좌충우돌하기에 이를 것이다. 무수한 기생탑의 층계 아래 장(章)과 절(節)과 구(句)의 마디마디 들어붙어 꿈틀거리는 부분품으로서 물리적 기능을 행위하고 있는 형형색색의 이들 맹목 기능자는 항상 동업자들끼리의 경쟁에서 도태될 위태성을 의식하고 있는 것이기 때문에 스스로의 안전한 영업입지를 닦기 위하여 왼눈 곰배팔이를 다시 더 사상(捨象)하고 바늘 끝만 한 시점에다 전 역량을 집중하여 특수 특종한 기능을 뽑아 늘이는 일에로 기형적 분지를 거듭하고 있다 현대의 예술, 종교, 정치, 문학, 철학 등의 분업스런 이상 경향은 다만 이러한 역사적 필연 현상으로서만 설명이 될 수 있을 것이다. 모든 것은 상품화해가고 있다. 이러한 광기성은 시공의 경과와 함께 배가 득세하여 세계를 대대적으로 변혁시킬 것이다.

(중략)

시란 바로 생명의 발현인 것이다. 시란 우리 인식의 전부이며 세계 인식의 통일적 표현이며 생명의 침투며 생명의 파괴며 생명의 조직인 것이다. 하여 그것은 항시 보다 광범위한 정신의 집단과 호혜적 통로를 가지고 있어야 했다.

그래서 하나의 시가 논의될 때 무엇보다도 먼저 그것을 이야기해놓은 그 시인의 인간정신도와 시인혼이 문제되어져야 하는 것이다. 철학, 과학, 종교, 예술, 정치, 농사 등 현대에 와서 극분업화된 이러한 인간이 가질 수 있는 모든 인식을 전체적으로 한 몸에 구현한 하나의 생명이 있어, 그의 생명으로 털어놓는 정신 어린 이야기가 있다면 그것은 가히 우리 시대 최고의 시가 될 수 있을 것이다. 시인이란 인간의 원초적, 귀수성적 바로 그것이다. 나는 생각한다. 시는 궁극에 가서 종교가 될 것이라고. 철학, 종교,

시는 궁극에 가서 하나가 되어 있을 것이다. 과학적 발견 — 자연
과학의 성과, 인문과학의 성과, 우주 탐험의 실천 등은 시인에게
다만 풍성한 지양으로 섭취될 것이다. (하략)

       —「시인정신론」 2단락 전문 및 3단락 부분

**신좌섭** 「시인정신론」은 아버님의 세계관, 시인으로서의 철학을 가장
집약적으로 보여주고 있는 글입니다. 그런 의미에서 상세히 살
펴볼 필요가 있을 것 같습니다. 이 글에는 1~3장으로 번호가
붙어 있는데, 1장은 시대에 대한 진단, 2장은 원수성(原數性), 차
수성(次數性), 귀수성(歸數性)으로 이루어지는 독특한 세계관의
제시, 그리고 소원적(小圓的) 정신, 대원적(大圓的) 정신이라는 개
념의 정의, 3장은 이상적인 인류의 모습으로서 전경인(全耕人)
정신에 입각한 시론(詩論)에 해당합니다.

 먼저, 1장의 시대 진단에서는 오늘날의 학문과 직업군이 끊임
없이 특수기능으로 분업화함으로써 그것들이 존재하게 된 온전
한 이유를 망각하는 현상을 비판하고 있습니다. 예컨대, 문학을
하는 사람들도 이미 시업가, 소설업가, 평론가 등으로 분화되고
있고, 신문도 심리 전문, 행동 전문, 애욕 전문, 계율 전문으로
분가를 거듭하고 있다는 것이지요. 분화는 그 본래의 존재 목적
과는 무관하게 '전문성'이라는 자체 논리에 의해 맹목적으로 진
행됩니다. 이 같은 맹목 기능적인 분화는 언젠가 인류가 새로운
대지에 새로운 사상을 가꾸어가려 할 때 장애로 작용하리라는
것입니다. 요컨대 1장은 인류와 문명에 대한 다학제적이고 통

합적인, 진화생물학의 표현을 따르자면 통섭(統攝, consilience)적인 접근의 필요성을 주장하고 있는 셈입니다.

2장에서 제시하고 있는 원수, 차수, 귀수의 세계관은 각각 '시도와 기교를 모르던 세계(원수), 아래로 위로 날뛰면서 번식 번성하여 극성부리던 세계(차수), 바람 잠자는 석양의 노정(老情) 세계(귀수)'로 설명되고 있습니다. 현대 세계는 문명의 성취에 들떠서 궁극적으로 어디로 가고 있는지 분별하지 못하고 오만에 들떠 전문분화를 거듭하면서, 앞뒤 모르고 날뛰는 차수성 세계라는 것이지요. 여기서 말하는 차수성 세계는 앞의 「엉뚱한 이론」에서 언급한 '두뇌 운동의 과잉이나 또는 탈선으로 말미암아 인간의 알몸 위에 축적되어가고 있는 불필요한 문명', 즉 '과잉 문명'에 해당하는 것일 것입니다. 또 소원적 정신은 '두 치 앞의 모이만 보고 일평생 쪼아 다니는 닭의 정신'으로, 대원적 정신은 '불전(佛典) 저술가가 던지고 간 정신 직경의 넓이'로 정의됩니다.

1장과 2장의 논의를 토대로 3장에서는 전경인 정신의 필요성을 주장하고 있습니다. 전경인이란 문자 그대로 '대지에 뿌리를 내린(耕)', '종합적인, 대원적(大圓的)인 정신(全)'을 말하는 것입니다.

먼저 경(耕)에 주목한다면 '대지를 이탈하여', '허공에서 시작되고 허공에서 끝나는' 문명인은 "지구를 벗어날 것이며, 지구의 파괴를 기억할 것이며, 인조 두뇌를 만들어 자동(自動) 시작(試作)을 희롱할 것"이라고 했지요. 또 "그들의 활동은 흡사 끓는 찌개 냄비 속에 일어나고 있는 분자들의 운동 현상과 비슷한 것일 것이다. 물이 끓으면 물방울들은 증기화하여 공중 높이 날아갈 것이다. 마지막에 가서 냄비 속은 텅텅 비어버릴 게 아닌가. 그러면 찌개는 어디로 갔단 말인가. 그러나 냄비 속을 벗어난 수분은 이미 찌개는 아니다. 찌개의 역사는 냄비 속에서 종말을 고한 것"이라고 했습니다. 고향을 버리고 대지를 벗어난 문명인에 의해 생태계가 파괴될 것을 냄비 속 찌개의 비유로 경고하고 있는 셈입니다.

또 전(全)에 주목한다면 "스스로 안전한 영업입지를 닦기 위하여 (중략) 바늘 끝만 한 시점에다 전 역량을 집중하여 특수 특종한 기능을 뽑아 늘이는 일에로 기형적 분지(分枝)를 거듭"하는 '광기성(狂氣性)', '맹목기능자의 천지'를 경고하고 있습니다. 하여 "암흑, 절망, 심연을 외치고 있는 현대의 인류는 전경인 정신의 체득에 의해서만 비로소 구원받을 수 있으며", 내일의 시인은 "인간의 모든 원초적 가능성과 귀수적 가능성을 한 몸에 지닌 전경인"이어야 하고, "선지자여야 하며 우주지인이어야 하며 인류 발언의 선창자가 되어야 한다"는 것이지요.

그러면서 "세계에 대해 모든 털구멍을 닫아 아랫목에서 단어를 뜯고 있는 시인", "언어를 화구 재료로 하여 무의미하고 불투명한 공예품을 만들어내고 있는 시업가(詩業家)"를 통렬하게 비판하고 있습니다.

이 글의 '전경인(全耕人) 정신'은 아버님의 시 세계를 그대로 반영하고 있는 핵심입니다. 무엇보다도 등단작 「이야기하는 쟁기꾼의 대지」, 서사시 「금강」으로 상징되듯이 스스로 대지에 뿌리내린 시인이 되고자 했고, 끊임없이 세계와 역사에 대한 통합적 인식을 추구했던 데에서 그 모습을 읽을 수 있을 것입니다.

**맹문재** 「시인정신론」은 다시 읽어도 참으로 깊이 있는 세계관이자 시론이라고 생각되네요. 추천해주신 작품 「이야기하는 쟁기꾼의 대지」에서 전경인 정신을 볼 수 있는 부분을 읽어볼게요.

> 없으려나 봐요, 사람다운 사낸. 어머니, 어쩌면
> 좋아요. 이 술 많은 흰 가슴, 텃집 좋은 아랫녘,
> 꽃잎 문 입술……. 보드라운 대지에 누워 허송
> 세월하긴, 어머니 차마 아까워 못 견디겠네요.
> 황원(荒原) 말발굽 달리던 황하기(黃河期) 사내 찰코 그리워요.
> 어데요? 그게 어디 사람이에요? 기술자지.
> 어데? 그건 뭐 또 사람이에요? 제이급치차(二級齒車)라고
> 명패까지 붙어 있지 않아요? 어머니두.
>
> 저건 꼭두각시구, 저건 주먹이구, 저건 머리구.
> 별수 없어요, 어머니, 저 눈먼 기능자(技能者)들을
> 한 십만개 긁어모아 여물솥에 쓸어 넣구
> 푹신 쪼려봐주세요. 혹 하나쯤 온전한
> 사내 우러날지도 모르니까.

해두 안 되거든 어머니, 생각이 있어요.
힘은 좀 들겠지만 지상에 있는 모든 수들의 씨
죄다 섞어 받아보겠어요. 그 반편들 걸.
욕하지 마세요. 받아 넣고 정성껏 조리해보겠어요.
문제없어요, 튼튼하니까!

　　제기랄, 빈집뿐일세그려. 주인은 없는데
　　하인 객(客)들이 얼싸붙고 닭 잡아라, 절 받아라, 난장이니 쌍.

비로소, 말미암아, 바야흐로다?

　　거북등에 가 집 짓고 늘어붙는 소라.
　　잠자는 코끼리 등에 올라 국경을 그어
　　놓고 다퉈쌓는 개미 떼.

　　깊은 지옥의 아구리에 백지 한 장 깔고
　　행복한 곰의 눈.

　　쇠기둥과 가시줄로 천당을 지어놓고
　　문 지키는 수고.

　　귀부인 발톱에 매니큐어를 칠해주고
　　밥 얻어먹는 전문가.

해 저문 바닷가의 구두 수선가(修繕家) 씨,
단애(斷崖) 위의 이발사(理髮師) 선생,

산록(山麓)의 수렵가 박사,

그만 돌아들 오시지,
삼간초옥(三間草屋) 등 비친 창문이 기다리고 있는데.

매미는 언제까지 뜻 모를 소리만 울어예는가.

온실 속서 울어예는 매미는 무엇을 먹고
살아쌓는가.
노동은 머리 위에 나비꽃이나, 한 마리 매미를
달기 위해, 열두 해 긴긴 세월 밭 가는 돼지?

돼지는 노래하라,
밭을 갈면서.
씨를 뿌리라 한 알 한 톨
피 맺힌 말씀으로.

돼지는 말씀하라,
밭을 갈면서.
예보하라, 날씨도.
실업(失業)게 하라, 왕(王)도.

한 알 한 톨
피 맺힌 말씀으로.

　　　　　　　—「이야기하는 쟁기꾼의 대지」 제6화 전문

다음으로 「60년대의 시단 분포도 — 신저항시 운동의 가능성을 전망하며」(『조선일보』, 1961년 3월 30일~31일)라는 신동엽 시인의 평론을 보면 향토시, 현대감각파, 언어세공파, 시민 시인, 저항파 등으로 분류해 각각 평가를 내리고 있어요. 「시인 · 가인(歌人) · 시업가(詩業家)」(『대학신문』, 1967년 3월 24일)에서는 향토시인들, 도시감각파들, 언어세공파들, 시정시인들, 참여시인들로 부연 설명하고 있지요. 향토시의 경우는 S시인(서정주 시인인 듯)을 필두로 한국 민족의 영원한 하늘 같은 정서가 깃들어 있지만 침략, 실업, 악정, 전쟁 등으로 가득 찬 현실을 경원한다고 비판하고 있습니다. 현대감각파도 서구적인 감각과 현대적인 기교를 추구하는 모더니스트 시인들로 유미주의 속에 파묻힌 채 바깥세상을 내다보기에 현실 인식이 약하다고 비판하고 있습니다. 언어세공파도 현대감각파의 이웃으로 보고 있네요. 시민 시인은 육성으로 도시인들의 삶을 노래해 공감을 불러일으키고 있지만, 도시적 지식인 감성의 울타리를 넘어서는 모험은 하지 않는다고 보았습니다. 그리고 마지막으로 저항파 시인입니다. 동시대는 싸우는 시대이므로 저항파 시인이 필요하다고 옹호하며, 해당하는 작품으로 「조국상실자」 「휴전선」 「파고다공화국은 위험선상」을 들고 있습니다. 박봉우 시인 등을 지칭하는 것으로 보이는데요?

신좌섭 「60년대의 시단 분포도」에서 "오늘의 시인들은 정치는 정치 전문 기능자에게, 종교는 종교 전문인 목사에게, 사상은 직업 교수에게 위임해버리고 자기들은 단어 상자나 쏟아놓고 원고지 앞에 앉아 안이한 삼류서정쯤 노닥거리면 된다고 생각한다"는 구절이 재미있지요.

「휴전선」 외의 두 편이 누구의 시인지는 잘 모르겠지만, 「휴전선」의 작가인 박봉우 시인과는 아주 각별한 사이였습니다. 박봉우 시인의 나이는 아버님보다 4년인가 어리지만 등단을 먼저 해서, 아버님이 등단하던 1959년 『조선일보』 신춘문예에서 시부(詩部) 예선 심사를 담당했었다고 합니다. 본선은 양주동 선생이 했었다고 하지요. 박봉우 시인에 따르면 『조선일보』 사장 댁에서 열린 신춘문예 시상식에 아버님이 조끼가 달린 조선옷을 입고 부여에서 올라왔다고 합니다. 그날 시상식 후 박봉우 시인의 안암동 하숙집에서 밤새 문학, 역사에 대해 토론을 했다고 했어요. 이후 두 분이 등산도 자주 다니셨고요.

박봉우 선생님은 기인으로도 불리고 열정이 많은 분이었지요. 1969년 4월 7일 아버님이 돌아가신 날 돈암동 집에 오셔서 두 주먹에 피가 흐를 정도로 마당 장독대를 두들기면서 통곡하셨던 기억이 납니다.

지금은 상상하기가 좀 어렵지만, 소위 '저항파'의 동지의식이 아주 강했던 모양입니다. 박봉우 시인이 쓴 「시인 신동엽」이라는 추모글에 보면 "삼가 사이비 문학인은 문학적인 양심의 호소에 의해 스스로 붓을 꺾어야 할 줄 안다. (중략) '우리를 단순히 중상해보려고 하지만 (중략) 「휴전선」의 시인은 건재하고 있다. 모든 것을 증거하고 확인하련다."라는 문장이 나옵니다. 1960

년대 말 저항파에 대한 공격이 무척 심했고, 저항파의 동지의식
도 그만큼 컸다는 것을 알 수 있지요.

**맹문재**  저항파의 동지의식이란 말씀이 새삼 와닿네요. 「시와 사상성
— 기교 비평에의 충언」(『동아일보』, 1963년 12월 11일)은 한국 시
단은 불황이고 침체라는 식으로 평하는 비평가들을 비판하고
있습니다. 비평가들이 건성으로 작품을 보는 것은 아닌가, 시를
손재주라고 오해하는 것은 아닌가, 외국의 시와 시론에 함몰되
어 있는 것은 아닌가 등으로 비판하고 있는 것이지요. 이 글에
는 "얼마 전 유능한 시인과 한 평론가와의 사이에 논전이 벌어
졌을 때, 그 논전이 이념 · 사상의 영역으로 발전하지 못하고 지
엽 문제"로 떨어지고 만 것을 안타까워하고 있습니다. 1960년
대 후반에 김수영 시인과 이어령 평론가와의 순수–참여 논쟁
이전에 일어난 것인데, 김우종 대 이형기 아니면 서정주 대 홍
사중 간의 순수–참여 논쟁이 아닌가 생각되는데요.
　　「7월의 문단 — 공예품 같은 현대시」(『중앙일보』 1967년 7월 19
일)에서는 김수영 시인의 시 「꽃잎」을 두고 "한국의 하늘 아래
맑게 틔어 올라간 한 그루의 정신인(精神人)"으로 고평하고 있습
니다. 신동엽 시인은 「8월의 문단 — 낯선 외래어의 작희(作戱)」
(『중앙일보』 1967년 8월 ?일)에서 김수영의 「여름밤」도 좋은 작품으
로 소개하고 있습니다. 김수영 시인과의 관계가 궁금하네요. 실
제로 김수영 시인이 타계하자 「지맥(地脈) 속의 분수」(『한국일보』
1968년 6월 20일)에서 조사를 쓰면서 어느 날 대폿집에서 만나 이

야기를 나누었다고 밝혔거든요.

**신좌섭**   김수영 시인이 1921년생이고 아버님이 1930년생이니까 아홉 살 차이입니다. 그런데 김수영 시인이 1968년에, 아버님이 1년 뒤인 1969년에 돌아가셨지요. 두 분이 자주 만나는 사이는 아니었지만 서로 깊은 관심과 애정을 갖고 있었던 것은 틀림이 없지요.

김수영 시인이 1964년에 쓴 글 「생활 현실과 시」에 따르면 아버님을 만나 시에 관한 이야기를 나누었는데, 아버님이 '우리나라의 시는 지게꾼이 느끼는 절박한 현실을 대변해야 한다' 고 말한 것으로 소개했다고 합니다.

김수영 시인이 아버님의 작품 「아니오」에 대해서 "강인한 참여 의식이 깔려 있고, 시적 경제를 할 줄 아는 기술이 숨어 있고, 세계적 발언을 할 줄 아는 지성이 숨 쉬고 있고, 죽음의 음악이 울리고 있다."고 평한 것을 기억하지요. 또 『창작과비평』이 1967년부터 시를 싣기 시작했는데, 편집부에서 김수영 시인에게 시 추천을 요청하자 아버님의 시를 싣기를 권했다고 들었습니다.

아버님도 한 시평에서 "김수영 씨의 「꽃잎」을 읽으면서 한국의 하늘 아래 맑게 틔어 올라간 한 그루의 정신인(精神人)을 보았다. 그의 마음의 창문은 따로 있는 게 아니라 온몸 전체가 그대로 삼베 적삼처럼 시원스럽게 열려 있는 소통로(疏通路)이다. (중략) 깊고 높은 진폭은 우리들을 놀라게 하고 가슴 트이게 만든

김수영 시인의 시「꽃잎」에 대해 기고한
「7월의 문단—공예품 같은 현대시」(『중앙일보』 1967년 7월 19일)

地脈 속의 噴水

ㅡ 故金洙暎씨의 詩世界

申東曄

＜故金洙暎씨＞

한반도 위에 그 긴 두다리를 버티고 우뚝서서 외로이 呪文을 외고 있던 天才詩人 金洙暎、그의 肉聲이 왕성하게 울려퍼지던 本質이라고 굳게 믿었다。그래서 肉體으로、아랫배에서부터 울려나오는 그 거칠고 육중한 육성으로、피와 살을 내갈겼다。그의 육 측수들이 그이를 미워하고 인 「코커롤러」商品主義의

정말로 순수한것、정말로 민족적인것、정말로 인간적 歐美에서 한말을 잊지못한다。 「신형、사실말이지 문학의 부속품들은 궁지로 몰려려했다。 하는、우리들이 궁극적으 한반도는 오직 한사람밖 에、없는、어두운 時代의 대한 證人、이 그 위 의 죽음은 民族의 손실、이 대통령입후보자의 죽음보다 오천만배는 더 가슴 아픈 손실로 기록되어야 할 詩人金洙暎 族시인의 영광이 그 무렵 위에 빛날날이 멀지않았음 은것이다。그러나 民族의 위대한 詩人金洙暎 아픈 손실로 기록되어야 할 앞서 죽지않았다。

1950년대부터 1968 년 6월까지의 근 20년간、 「아시아」의 한반도는 오 직 그의 목소리에 의해 쓸쓸함을 면할수없었다。그 는 말장난을 미워했다。 말장난은 부패한 초비성文 想의 꽃이 피었다。叙智의 「버스」의 눈이면 틈니다 예가 될순 없는게 아니 겠소?」 그러나 그의 커다란 사 성이 묻어떨어지는곳에 思 공격했다。그날밤 그 좌석 바퀴처럼 역시 눈이먼 관 묘적인 보수주의의 틈바구 니가 길바닥에 쓰러 틀였다。 그가 어느날 대표집 습보다도 천배 만배 순하 알고 민족의 앞뉘이물은 다 （詩人）

구짖었다。創造만이 文化의 存질서에 아첨하는 存질서에 아첨하는 라고 생각했다。그는 旣 化위에 기생하는 기생벌레 칼날이 번득였다。그리고太 그의 地脈속에서 솟는 싱 噴水가 무지개를 그 뜨렸다。

김수영 시인에게 부친 조사 「지맥(地脈) 속의 분수」(『한국일보』 1968년 6월 20일)

다."(「7월의 문단 — 공예품 같은 현대시」)라고 쓰셨지요.

아버님은 김수영 시인이 타계하자 「지맥 속의 분수」라는 조사를 발표했는데, "정말로 순수한 것, 정말로 민족적인 것, 정말로 인간적인 소리를 싫어하는 구미적(歐美的) 코카콜라 상품주의의 촉수들이 그이를 미워하고 공격했다. 그날 밤 그 좌석버스의 눈이 먼 톱니바퀴처럼 역시 눈이 먼 관료적인 보수주의의 톱니바퀴가 그를 길바닥에 쓰러뜨렸다"고 하여 김수영 시인과 자신이 뛰어들었던 순수−참여 논쟁의 전선을 묘사했습니다. 김수영 시인을 '태백(太白)의 지맥 속에서 솟는 싱싱한 분수'로 묘사한 이 조사는 1966년에 발표한 시 「산에도 분수(噴水)를」의 이미지를 가져와 쓴 것으로 보입니다. 「지맥 속의 분수」는 다음과 같습니다.

한반도 위에 그 긴 두 다리를 버티고 우뚝 서서 외로이 주문을 외고 있던 천재 시인 김수영. 그의 육성이 왕성하게 울려 퍼지던 1950년대부터 1968년 6월까지의 근 20년간, 아시아의 한반도는 오직 그의 목소리에 의해 쓸쓸함을 면할 수 있었다. 그는 말장난을 미워했다. 말장난은 부패한 소비성 문화 위에 기생하는 기생벌레라고 생각했다. 그는 기존 질서에 아첨하는 문화를 꾸짖었다. 창조만이 본질이라고 굳게 믿었다. 그래서 육성으로, 아랫배에서부터 울려 나오는 그 거칠고 육중한 육성으로, 피와 살을 내갈겼다. 그의 육성이 묻어 떨어지는 곳에 사상의 꽃이 피었다. 예지의 칼날이 번득였다. 그리고 태백(太白)의 지맥 속에서 솟는 싱싱한 분수가 무지개를 그었다.

정말로 순수한 것, 정말로 민족적인 것, 정말로 인간적인 소리
를 싫어하는 구미적(歐美的) 코카콜라 상품주의의 촉수들이 그이
를 미워하고 공격했다. 그날 밤 그 좌석버스의 눈이 먼 톱니바퀴
처럼 역시 눈이 먼 관료적인 보수주의의 톱니바퀴가 그를 길바닥
에 쓰러뜨렸다. 그가 어느 날 대폿집에서 한 말을 잊지 못한다.

"신형, 사실 말이지 문학하는 우리들이 궁극적으로 무슨무슨
주의의 노예가 될 순 없는 게 아니겠소?"

그러나 그의 커다란, 사슴보다도 천 배 만 배 순하디순한 눈동
자를, 기계문명의 부속품들은 궁지로 몰아넣으려 했다.

한반도는 오직 한 사람밖에 없는, 어두운 시대의 위대한 증인
을 잃었다. 그의 죽음은 민족의 손실, 이 손실은 서양의 어느 일개
대통령 입후보자의 죽음보다도 앞서 5천만 배는 더 가슴 아픈 손
실로 기록되어야 할 것이다. 그러나 시인 김수영은 죽지 않았다.
위대한 민족시인의 영광이 그의 무덤 위에 빛날 날이 멀지 않았
음을 민족의 알맹이들은 다 알고 있다.

—「지맥 속의 분수」 전문

**맹문재** 저는 「선우휘 씨의 홍두깨」(『월간문학』 1969년 4월)를 매우 중요한
평론으로 생각하고 있습니다. 1960년대의 순수-참여 논쟁을
정리하는 연구자들은 이 글을 생략하고 있는데, 저는 꼭 넣고
있어요. 이 글은 김수영과 이어령 사이에 벌어진 순수-참여 논
쟁에서 김수영의 논지를 옹호하고 선우휘 소설가의 우익 논지
에 대항하고 있습니다. "문학은 수도하는 사람들의 것이다. 그
것은 영원한 괴로움이요, 영원한 부정이요, 영원한 모색이다."

라는 말을 다시 귀 기울여 듣습니다. 선우휘 등 우익 문인들에
대한 말씀을 들은 적이 있는지요?

**신좌섭**  꼭 누구를 지칭하지 않더라도 아버님을 경계하고 공격하는 문
단 세력에 대한 이야기는 어려서부터 익히 들으면서 자랐지요.
「향아」, 「아니오」, 「진달래 산천」 같은 시들을 놓고 '빨갱이',
'적색분자'로 공격한 것은 익히 알려져 있는 사실입니다.

 김수영 시인이 1968년 6월에 돌아가셨고 아버님이 1969년 4
월에 돌아가셨는데, 이 시기가 특히 순수-참여 논쟁이 격렬했
던 시기였다는 점을 기억해야 할 것 같습니다. 주변 분들의 회
고에 의하면 아버님은 이 시기 순수-참여 논쟁에 참을 수 없이
분노하고 답답해하셨다고 합니다. 박봉우 시인 표현에 의하면
아버님이 '사이비 애국자가 우리의 순수한 시혼을 나무란다면
광화문 네거리에서 3천만 동포를 위해 처형해도 좋다'고 했다
고 하니, 당시의 사회 분위기와 논쟁의 무게를 짐작할 수 있지
요.

 「선우휘 씨의 홍두깨」는 돌아가시기 직전에 쓴 글로 보이는
데, 문학은 "안이하게, 세계를 두 가지 색깔의 정체(政體) 싸움으
로밖에 인식하지 못하는 군사학적·맹목 기능학적 고장 난 기
계하곤 전혀 인연이 먼 연민과 애정의 세계"라는 말이 특히 눈
에 들어옵니다.

 순수-참여 논쟁은 오래전의 일입니다만, 아직 끝나지는 않
은 것 같아요. 세월이 지나고 민주화가 진전되면서 과거의 소위

'참여 진영'에 대한 색깔론이 많이 탈색되었지만, 아직까지도 문학 진영의 일각에서는 아버님을 '그쪽 사람'으로 보는 시각이 여전히 남아 있지요. 「진달래 산천」을 소개해볼게요.

길가엔 진달래 몇 뿌리
꽃 펴 있고,
바위 모서리엔
이름 모를 나비 하나
머물고 있었어요.

잔디밭엔 장총을 버려 던진 채
당신은
잠이 들었죠.

햇빛 맑은 그 옛날
후고구렷적 장수들이
의형제를 묻던,
거기가 바로
그 바위라 하더군요.

기다림에 지친 사람들은
산으로 갔어요
뼛섬은 썩어 꽃죽 널리도록.

남햇가,
두고 온 마을에선
언제인가, 눈먼 식구들이
굶고 있다고 담배를 말으며
당신은 쓸쓸히 웃었지요.

지까다비 속에 든 누군가의
발목을
과수원 모래밭에선 보고 왔어요.

꽃 살이 튀는 산허리를 무너
온종일
탄환을 퍼부었지요.

길가엔 진달래 몇 뿌리
꽃 펴 있고,
바위 그늘 밑엔
얼굴 고운 사람 하나
서늘히 잠들어 있었어요.

꽃다운 산골 비행기가
지나다
기관포 쏟아놓고 가버리더군요.

기다림에 지친 사람들은

산으로 갔어요.

그리움은 회올려

하늘에 불 붙도록.

뼛섬은 썩어

꽃죽 널리도록.


바람 따신 그 옛날

후고구렷적 장수들이

의형제를 묻던

거기가 바로

그 바위라 하더군요.


잔디밭에 답배갑 버려 던진 채

당신은 피

흘리고 있었어요.

—「진달래 산천」 전문


**맹문재** 『신동엽 산문전집』(창비, 2019)에는 유고 혹은 미발표 평론 6편이
수록되어 있습니다. 「발레리의 시를 읽고」(1951년), 「전환기와
인간성에 대한 소고」(1951년), 「문화사 방법론의 개척을 위하여」
(1952년), 「동란과 문학의 진로」, 「시 정신의 위기」, 「만네리즘의
구경(究竟) — 시의 표절도 타개될까」 등입니다. 발굴과 수록의
경위를 들을 수 있을까요?

**신좌섭** 아, 평론 중에 이번 산문 전집에 신자료로 들어온 것은 「시 정신의 위기」, 「만네리즘의 구경(究竟)」 두 편입니다. 「발레리의 시를 읽고」, 「전환기와 인간성에 대한 소고」, 「문화사 방법론의 개척을 위하여」, 「동란과 문학의 진로」는 실천문학사에서 나온 『젊은 시인의 사랑』에 실려 있던 것입니다. 흩어져 있던 것을 『신동엽 산문전집』에 모은 것이지요.

이번에 새로 공개된 「시 정신의 위기」는 '빈번한 작품 표절에 관하여' 라는 부제가 붙어 있는데, 1961년 『현대문학』 10월호에 발표된 '함모' 라는 시인의 작품 「한강부교 근처」라는 시가 아버님의 등단작 「이야기하는 쟁기꾼의 대지」를 표절하고 있는 것을 폭로하는 글이지요. 「만네리즘의 구경(究竟) — 시의 표절로 타개할까」는 「시 정신의 위기」와 같은 내용을 제목과 논지를 바꾸어 쓴 글입니다.

**맹문재** 신동엽 시인은 제주도를 다녀온 적이 있습니다. 「제주여행록」에 기록된 일정을 살펴보니 1964년 7월 29일 서울을 떠나 부여에서 하루를 묵은 뒤 7월 30일 목포에 도착해 일박했습니다. 30일 밤 11시 목포에서 출항해 31일 밤 9시 제주에 상륙했습니다. 8월 1일부터 오용수(吳茸帥)라는 분과 삼성혈, 세화 등을 다녔습니다. 서귀포 등도 다녔는데, 그 결과 제주도는 관광지가 아니라 굶주림과 과도한 노동과 헐벗음으로 구제받아야 할 땅으로 인식했습니다. 아내(인병선 시인)가 한국전쟁 때 피란 와서 살던 곳도 찾아보고 싶어했습니다. 또한 제주 4·3항쟁의 참상에 아파했습니다. 태풍이 잠잠해지자 8월 5일부터 6일까지 한라산 등반을 오용수와 초등학교 교사인 현 선생님과 함께했습니다. 그리고 8월 7일 아침 10시 제주를 떠나 밤 8시 목포에 도착했습니다. 8일 새벽 5시에 기차를 타 11시에 논산에 도착했고, 합승으로 부여에 돌아왔습니다. 총 11일 일정에 8일간 제주 여행을 한 셈인데, 좀 더 아시는 것이 있는지요? 오용수, 현 선생님에 대한 소개도 부탁드려요.

**신좌섭** 제주는 그때 처음이자 마지막으로 다녀오신 것이지요. 당시 제주를 안내해준 두 분, 오용수, 현 선생님에 대해서는 아는 바가 없지만, 당시 여정을 보면 제주를 잘 아는 현지인들이었을 것입니다. 황영호를 타고 제주에 도착한 다음 날인 8월 1일 삼성혈을 거쳐서 민속박물관을 방문했다고 되어 있는데, 제주민속박물관을 개관한 것이 1964년 6월이니까 개관한 지 얼마 되지 않은 작은 사립박물관을 오용수라는 분이 안내한 것이지요.

아버님은 황영호를 타고 추자도를 지나던 중 어머니의 제주 시절을 떠올리는데, 어머니는 열여섯 살 되던 1951년 1·4후퇴 때부터 약 3년간 외할머니와 단둘이 제주도에서 피란살이를 한 적이 있습니다. 그때 고생한 이야기를 어머니로부터 자주 들은 덕분에 제주에 대해 적지 않은 지식을 갖고 계셨을 것입니다. 4·3항쟁이 1948년 4월이니까 어머니가 제주도에 들어가기 3년 전 일입니다. 어머니가 제주에 들어갔을 당시에도 폭동이 있었다고 하니 4·3항쟁의 흔적이 생생하게 살아 있던 시기이지

『벼랑 끝에 하늘』 표지

요. 어머니의 제주도 시절에 대한 기억을 담은 「고사리불」이라는 수필이 1991년 창작과비평사에서 발간한 『벼랑 끝에 하늘』에 실려 있습니다.

「제주여행록」 중에는 "제주는 구제받아야 할 땅", "제주는 가슴 메어지는 곳" 같은 문구, 그리고 4 · 3항쟁 때 관덕정 앞에 효수되었던 산사람 우두머리(여행록에 '정 씨'라고 되어 있는데, 널리 알려진 이덕구를 혼동한 것인지 다른 인물인지는 알 길이 없다)와 그 가족에 대한 이야기 등이 눈길을 끕니다. 사실 4 · 3항쟁이 본격적으로 조명된 것은 최근의 일이고, 1964년 무렵에는 철저한 금기였습니다. 제가 처음 4 · 3항쟁 답사 기행을 간 것이 1997년인데, 그 무렵부터 조금씩 실상이 밝혀지기 시작했지요.

제주 방문을 위해 특별히 카메라를 준비해 가셨던 모양입니다. 사진이 많이 남아 있는 편인데, 한여름이라 더위에 지친 모습을 하고 계시고 '해발 1950m 최고봉'이라는 깃발을 들고 세 사람이 찍은 사진이 있는데, 이 사진 속 일행 두 분이 오 선생님, 현 선생님인 것으로 보입니다.

제주를 떠나 서울로 오는 길에 부여에 들러 누이와 저를 데리고 군수리 논에 다녀왔다는 기록이 있는데, 다섯 살 때이니까

신동엽 시인 제주 여행 : 백록담에서(1964. 8. 5)

군수리 논에서 아들 좌섭과 함께

신 동 엽 문학 팟캐스트

신동엽 시인이 국어교사로 재직했던
명성여고 한 중 학 대 부 여 자 고 등 학 교 와 · 학생들과
신동엽학회 회원이 출연

기획 ┃ 이대성
연출 ┃ 정우영
음악감독 ┃ 초원, 배소연
기타연주 ┃ 이영완
제작 ┃ 미디어장비 이효림 PD
주최주관 ┃ 신동엽학회
주민 ┃ 한국문화예술위원회
신동엽기념사업회
창비

# 내 마음
# 끝까지

1967년, 시인 신동엽이 쓴 라디오 방송대본을 인터넷으로 접속하기
**2018년 10월 6일(토) - 11월 17일(토) 총 7회 토요일 방송**
팟빵(podbbang.com) 검색창에 내 마음 끝까지 검색

10월 6일 ┃ 폴 포르, 「론도」 ┃ 낭독: 최시원·신좌섭

10월 13일 ┃ 김소월, 「초혼」 ┃ 낭독: 박민영·맹문재

10월 20일 ┃ 이상화, 「나의 침실로」 ┃ 낭독: 이수민·김응교

10월 27일 ┃ 타고르, 「나 혼자 만나러 가는 밤」 ┃ 낭독: 조영서·박은미

11월 3일 ┃ 괴테, 「젊은 베르테르의 슬픔」 ┃ 낭독: 한정아·조길성

11월 10일 ┃ 마리 로랑생, 「잊혀진 여자」 ┃ 낭독: 김진송·홍지혜

11월 17일 ┃ 한용운, 「나의 길」 ┃ 낭독: 조수빈·정우영

방송 대본 〈내 마음 끝까지〉로 만든 팟캐스트 포스터

뚜렷이 기억은 나지 않지만 그때 찍은 것으로 보이는 사진은 남아 있습니다. 방학 때라서 남매가 부여에 내려가 있었던 것 같아요.

**맹문재** 시극 〈그 입술에 파인 그늘〉과 오페레타 〈석가탑〉에 대해서는 이전의 대담 때 말씀을 해주셨지요. 이외에 이대성 연구가에 의해 1967년 동양라디오의 심야 프로그램을 위해 쓴 대본이 발견되었지요. 그래서 신동엽 타계 50주기 때 총 7회에 걸쳐 신동엽학회 회원들이 팟캐스트로 방송을 진행한 적도 있어요. 이 방송 대본에 대해 좀 더 소개해주실 수 있는지요?

**신좌섭** 2019년 50주기를 기념해 창비에서 발간한 『신동엽 산문전집』에 시극 〈그 입술에 파인 그늘〉과 오페레타 〈석가탑〉이 실렸는데, 사실 이 두 작품을 시 전집이 아닌 산문 전집에 싣는 것이 옳은가에 대해서는 이견이 있을 수 있습니다. '산문'으로 분류한 것을 아버님이 섭섭해하실 것이라는 지적도 받았습니다.

말씀하신 방송 대본 〈내 마음 끝까지〉는 당시 신동엽학회 총무를 맡고 있던 이대성 선생이 발견한 것입니다. 부여 신동엽문학관에 아버님의 육필원고 등 모든 자료들이 보관되어 있는데, 이대성 선생이 이 대본 파일에 주목했어요. 전에도 본 사람은 있었겠지만, 시가 아니니까 그냥 지나쳤던 것 같습니다.

돌아가시기 얼마 전인 1967~1968년경 동양라디오 심야방송 〈내 마음 끝까지〉를 진행한 방송 대본인데, 20여 편의 친필원고

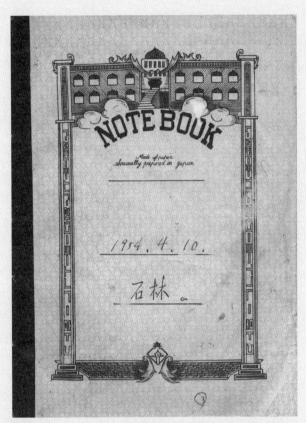

일기장 표지

가 보존되어 있습니다. 만해, 소월, 이상화, 헤르만 헤세, 괴테 등 국내외 작가들의 글을 소개하고 음미하는 내용으로 이루어져 있는데, 이것을 50주기에 맞추어 살려보자는 의미에서 20여 편 중 일곱 편을 골라 팟캐스트로 만들었지요. 아버님이 시극이나 오페레타 등을 통해 문학의 대중화에 노력했던 점에 주목해서 그 의미를 살려보고자 한 것이지요. 녹음 작업을 하고 공개한 것이 2018년 여름이었습니다.

각 주제별로 원래의 방송 대본은 동국대 부속여고 학생이 낭송하고 신동엽학회 회원이 현대적 해설을 덧붙이는 식으로 녹음을 했습니다. 지금도 팟캐스트 플랫폼인 팟빵에서 들을 수 있지요.

**맹문재**  저도 참여했는데 되돌아보니 소중한 기회였네요. 『신동엽 산문 전집』에 수록된 일기는 날짜가 정확하지 않지만 1951년 ○월 ○일부터 1954년 2월 ○일까지입니다. 한국전쟁 기간에 쓴 일기라서 특별히 관심이 가는데 신체검사, 군복, 제2국민병 등록, 제주도로 가는 군인, 전시 학생증, 패잔병, 대구 등 행간에 숨은 모습이 보입니다. 또한 사범학교 입학, 독서, 이성에 대한 관심, 친구들과의 만남 등 일상적인 이야기가 상당히 많네요. 일기에는 엄림(嚴林), 한국(漢國), 홍(洪), 유(俞), 조(趙), 종구, 인표(仁杓), 영생(永生), 구(具), M, 이동희, 경일(庚一) 등의 지인이 등장하는데 아시는 분이 있으면 소개를 부탁드려요. 노문 선생님이 쓴 「석림 신동엽 실전(失傳) 연보」를 보면 구(具)는 구상회(具尙會),

조(趙)는 조선용(趙仙用)이 확실해 보이네요. 노문 선생님에 대한 소개도 부탁드려요.

**신좌섭**  일기라서 본인만 알 수 있는 방식으로 기록한 것이 많습니다. 등장인물들을 다 식별할 수는 없지만, 구(具)는 구상회(具尚會), 조(趙)는 조선용(趙仙用)이 맞고 유(俞)는 유옥준(俞鈺濬)일 것입니다. 고향 친구들이면서 문학동인 '야화(野火)'의 회원들이었습니다. 야화 회원은 노문(盧文), 구상회(具尚會), 조선용(趙仙用), 유옥준(俞鈺濬), 이상비(李相斐), 유진황(俞鎭潢), 김종덕(金鐘德) 등이었습니다.

이분들 중에 제가 잘 아는 분은 구상회, 노문 선생님 정도입니다. 구상회 선생님은 공주 출신으로 한국전쟁 중에 아버님과 함께 충남 일대의 백제 사적지와 동학농민전쟁 자취들을 답사했던 분이지요. 1990년대 초반까지도 우리 가족과 교류가 있었는데, 당시에는 공주에서 농장을 하신다고 들었습니다. 친구 아들이라고 자신의 농장에서 키우는 오골계를 잡아 달여 보내셨던 기억이 나네요.

이번에 산문 전집에 처음 실린 「석림 신동엽 실전(失傳) 연보」를 쓰신 노문 선생님은 원래 함경도 출신입니다. 한국전쟁이 발발하자 북에서 인민군 징집을 당했는데, 호송 열차를 탈출해서 남으로 내려와 이곳저곳을 전전하다가 부여경찰서에 근무하게 되었다고 하지요. 1950년 인공 치하의 민주청년동맹 선전부장을 지냈던 아버님과는 정반대의 경력과 사상을 가진 분인데, 문학 지망생이라는 점 때문에 우정이 각별했지요. 약간의 입장 차이로도 극한적으로 대립하는 요즘의 인간관계에 비교하면 잘 이해하기 어려운 관계였습니다.

노문 선생님이 쓴 「석림 신동엽 실전(失傳) 연보」에 보면 한국 전쟁 당시 부여경찰서에 쌓여 있던 아버님 관련 조서들이 어떤 '숨은 호의'에 의하여 소각되었다고 쓰여 있는데, 사실은 이것들을 몰래 태운 장본인이라고 알고 있습니다. 1980년대 초 본인에게 직접 들은 이야기입니다. 서울의 한 고등학교 국어 선생님을 지내셨고 미아리 인근에 사셔서 종종 뵐 기회가 있었습니다.

**맹문재** 1953년 7월 3일의 일기가 특히 와닿아요. "나는 나를 죽였다"라거나 "그러나 너무 얌전하게 나는 나를 죽였다"라는 구절이 그래요. 제가 2008년 사북 진폐 재해자들의 보상을 위한 집회에 참가하면서 「순교」라는 시를 썼는데, 그 작품 안에 전태일 열사의 일기와 성희직 광부의 편지와 함께 인용하기도 했지요. 이 일기의 내용을 어떻게 해석할 수 있을까요?

**신좌섭** 1953년 7월의 일기는 이후에 「강」이라는 제목의 시로 정리가 됩니다. 돌아가신 뒤인 1970년 『창작과비평』 봄호에 발표되었지요. 「강」 전문을 보면 아래와 같습니다.

나는 나를 죽였다.
비 오는 날 새벽 솜바지 저고리를 입힌 채 나는

나의 학대받는 육신을 강가에로 내몰았다.
솜옷이 궂은비에 배어
가랑이 사이로 물이 흐르도록 육신은
비겁하게 항복을 하지 않았다.
물팡개치는 홍수 속으로 물귀신 같은
몸뚱어리를 몰아쳐 넣었다.
한 발짝 한 발짝 거대한 산맥 같은
휩쓸려 그제사 그대로 물너울처럼 물결에
쓰러져버리더라 둥둥 떠내려가는 시체 물속에
주먹 같은 빗발이 학살처럼
등허리를 까뭉갠다. 이제 통쾌하게
뉘우침은 사람을 죽였다.
그러나 너무 얌전하게 나는 나를 죽였다.
가느다란 모가지를 심줄만 남은 두 손으로
꽉 졸라맸더니 개구리처럼 삐걱! 소리를 내며
혀를 물어 내놓더라.
강물은 통쾌하게 사람을 죽였다.

——「강」 전문

　　말씀하신 대로 '순교'의 이미지를 떠올리게 하는 시입니다.
「금강 잡기」에 등장하는 여승들의 이야기와도 연결되어 있는
것 같고, 스스로 죽임으로써 새로 태어나는 갱생의 이미지가 담
겨 있기도 한 것 같고요. 그런데 1953년 7월의 일기가 원형이라
는 점을 감안한다면 한 시기를 끝내고 새로운 시기를 열어가는

인생의 전환점에 대한 강렬한 시적 기록으로도 읽힙니다.

한국전쟁이 막 끝나가던 이 시기에 아버님은 고향 부여에서 발붙일 곳이 없었을 것입니다. 전쟁의 피바람이 스쳐 지나간 고향, 한 집안의 기둥으로서 살길을 모색해야 하는 입장인 것은 틀림이 없는데, 할 수 있는 일은 아무것도 없을뿐더러 당연히 예상되는 전후 매카시즘의 폭풍 속에서 고향에 머무르는 행위 자체가 가족에게 위해를 입힐 것은 뻔한 일이었겠지요. 이런 상황이었던 탓에 1953년 봄 다대포, 중앙선, 대구 등 이곳저곳을 떠돌아다닌 방황의 흔적을 일기에서 발견할 수 있습니다. 이 글을 쓰기 얼마 전인 6월 4일의 일기에는 "모든 것은 끝나려는도다/헛나간 나의 화살/허둥지둥 꺼꾸러지려는도다" 같은 문구들이 등장합니다.

자신이 추구해오던 신념과 투지를 그대로 끌고 나갈 수도 없고 그렇다고 백기 투항할 수도 없는 상황에서 선택할 수 있는 길은 죽음의 길, 혹은 죽음처럼 깊게 새로이 태어나는 길이었을 것입니다. 나는 나를 죽이고자 했으나 육신은 비겁하게 항복하지 않았고, 내면의 뉘우침은, 강물(흐름, 역사)은 사람을 통쾌하게 죽였다는 것의 의미를 이렇게 읽을 수 있을 것 같습니다.

그래서 이 일기를 전후하여 부여를 떠나 서울로 향해서 안암동 인근에 기거하게 되고 그해 가을 돈암동 헌책방에서 어머니를 만나게 되지요. 자신을 강물에 통쾌하게 내맡기고 새로운 시기를 시작하게 되는 것입니다.

**맹문재**  『신동엽 산문전집』에 수록된 편지는 1954년 1월 22일부터 1959년 1월 28일까지 아내 인병선 시인에게 보낸 것들입니다. 편지의 내용은 두 분이 교제하면서 갖는 그리움, 결혼 준비, 몸이 아파 따로 떨어져 살아야 하는 외로움과 괴로움, 신춘문예 수상으로 인한 기쁨 등입니다. 신동엽 시인은 아버님으로서 어떤 분이고, 또 인병선 시인은 어머님으로서 어떤 분이라고 소개할 수 있는지요?

**신좌섭**  글쎄요. 두 분의 사연이야 익히 알려져 있듯이 애틋하기 이를 데가 없지요. 두 분이 만나고 가정을 꾸리고, 사별 후 어머니가 아버님을 기념해온 세월의 깊은 사연에는 글 몇 편으로는 표현하기 어려울 정도로 많은 이야기가 담기어 있습니다. 여기 실려 있는 편지에 주석을 달자면 편지의 분량보다 훨씬 많이 달 수 있을 거예요. 두 분은 함께, 그리고 각자 고통스럽고도 빛나는 삶을 운명처럼 살아가셨지요.

저와의 관계에서 보더라도 두 분은 너무 많은 유산과 과제를 남겨주신 분들이라서 단순히 표현하기는 어렵네요. 저에게 시간이 얼마나 남아 있는지 모르겠지만, 만일 기회가 온다면 자식으로서 두 분에 대한 이야기를 좀 더 자세히 남기고 싶은 생각도 있습니다.

(『푸른사상』, 2020년 가을호, 83~115쪽)

# 제5부

# 인병선 짚풀문화학자 · 시인

# 인병선 짚풀문화학자 · 시인

**맹문재** 신동엽 시인 타계 50주기를 맞이해 시인의 아드님과 대담을 갖게 되어 매우 의미가 깊네요. 신동엽 시인은 우리 시문학사에서 중요한 분이므로 한 번에 정리하기가 힘들 것 같아 이번에는 인병선 선생님과의 관계를 중심으로 말씀을 들을까 해요. 인병선 선생님께서 건강이 좋지 않다고 하시는데, 어떠신지요?

**신좌섭** 연세 탓인지 기력이 약해지셔서 긴 시간 대화를 하는 것은 힘듭니다. 금년에 85세입니다만, 비슷한 연세의 분들 중에 아직 활동적인 분들도 많은데 젊어서 고생을 많이 하신 탓인지 약해지셨네요. 기억력도 다소 떨어지시고. 금년 아버님 50주기 행사가 여러 곳에서 있는데, 꼭 참석해야 하는 행사만 가려서 모시고 가야 할 것 같아요.

짚풀생활사박물관

**맹문재**   내내 건강하셔야 할 텐데요. 저는 언젠가 청담동에 있는 짚풀생
활사박물관에 가서 인병선 선생님을 인터뷰한 적이 있어요. 그
뒤 뵐 때마다 반갑게 맞아주셨는데, 어느 때부턴가 뵐 수 없어
궁금해하고 있었어요.

    자료에 따르면 인병선 선생님은 1935년 평안남도 룡강군에서
태어나 보통국민학교를 다니고 있었는데, 한국전쟁 동안 오빠
가 의용군에 끌려가고 아버지는 납북된 것으로 알려져 있어요.
아버지는 농업경제학의 권위자인 인정식 동국대학교 교수였지
요. 그 상황에 대해 말씀을 들은 것이 있는지요?

**신좌섭**   어머님은 당신의 오빠(저에게는 외삼촌)에 대해서도 특별한 그리
움과 미안함을 갖고 계십니다. 정확한 내막은 모르겠지만, 어머
님은 외삼촌(인병완, 1930년생)이 본인을 대신해서 의용군에 들어
갔다고 기억하고 계세요. 어머님이 1935년생이니까 열한 살이
던 1946년에 일가족이 북을 떠나 서울로 이주했는데, 아직 국
민학교를 마치지 않아 혜화국민학교에 들어갑니다. 혜화국민학
교를 마치고 이화여중에 들어갔는데, 1950년 6월 말~9월 말 인
민군이 서울을 점령하고 있을 당시, 이화여중(당시에는 6년제 여자
중학교) 운동장에서 의용군 모집 선동 연설이 있었던 모양입니
다. 그때 무슨 생각에서인지 어머님이 손을 들었답니다. 그런데
"너는 아직 어려서 의용군에 들어갈 수 없다"는 답변이 돌아왔
지요. 집에 돌아와 이 말을 하자 오빠가 "너는 나서지 말고 가만
히 있어라. 나서야 하면 내가 나선다." 라고 말한 뒤 얼마 지나지

인병선 시인의 어머니 노미석의 회갑연에 모인 가족

않아 외삼촌이 의용군에 끌려갔다는 것입니다. 이런 기억이 아주 깊은 미안함으로 남아 있지요.

익히 알려져 있듯이 일제강점기 농촌경제학자였던 외할아버님에 대해서는 그리움과 섭섭함이 함께 있는 것 같습니다. 그리움이야 당연한 것이지만, 여자들만 서울에 남겨놓고 북으로 가신 것에 대한 섭섭함이 있었겠지요. 외할아버님은 납북이 아니라 월북이었습니다. 원래 사회주의자였고 당시 정국에서 신념을 따르셨을 것입니다. 그러나 신념과는 별도로 여자들은 서울에 남겨두고 싶었겠지요. 남쪽에 남은 외할머님과 어머니는 1·4후퇴 때 제주도로 피란을 가게 됩니다.

외할아버님에 대해서는 평이 엇갈리지요. 10여 권의 저서와 수백 편의 논문을 남기셨는데, 농촌경제학자, 반제국주의 사회주의 이론가로서 수차례 투옥되고 학문적 업적을 남긴 것을 중시하는 견해, 어떤 이유에서든 일제 말기에 친일 성향의 글들을 쓴 것 때문에 친일 학자로 지탄하는 견해가 공존합니다. 때문에 외할아버님에 대한 어머니의 생각은 복잡할 수밖에 없었을 것입니다. 해방 후 고향을 떠난 것은 친가가 지주 집안이라 공산주의자들로부터 견딜 수 없었기 때문인데, 막상 남한에 내려와서는 '빨갱이의 딸'이라고 피해를 볼까 봐 아버지를 숨기고 살아야 했고, 민주화 이후에는 아버지가 '전향 지식인'으로 낙인찍혀 자유롭지 못한 것입니다.

이와 같은 굴레를 좀 덜어낸 것이 1992년입니다. 『인정식 전집』(1~5)을 펴낸 것인데, 어머니로서는 큰 용기였지요. 경제학

『인정식 전집』

을 하는 사람들과 더불어 외할아버님의 저서, 논문을 전국 헌책방을 뒤져 찾아내 영인본으로 묶었습니다. 전집에는 경제학자 박현채 선생이 발문을 쓰셨지요. 어머니에게 『인정식 전집』의 발간은 복잡한 감정의 대상이었던 외할아버님을 한 발 떨어져서 있는 그대로 바라보는 전환점이 되었을 것입니다.

**맹문재**  인병선 선생님은 1·4후퇴 직전 어머니와 단둘이 제주도로 피란 간 것으로 알려져 있어요. 그곳에서 중학교와 고등학교 2학년까지 다녔는데, 생활이 얼마나 어려웠는지는 눈에 선하네요. 그곳 생활에 대해 들으신 것이 있는지요?

**신좌섭**  제주도에는 3년간 머물렀다고 하는데, 원래 목적지는 부산이었답니다. 산문집 『벼랑 끝에 하늘』을 보면 이 이야기가 나오는데, 인천 앞바다에서 일본 사람들이 운항하는 전차상륙함(LST)을 타고 부산 앞바다에 도착했으나 넘쳐드는 피란민을 감당할 수 없다는 이유로 갑자기 뱃머리를 제주도로 돌려버렸답니다.

　외삼촌은 1950년 여름 무렵 의용군에 들어갔고 외할아버님도 월북한 상태였습니다. 『인정식 전집』의 연보를 보면 1953년 월북한 것으로 나오는데, 어머니 기록에 의하면 1·4후퇴 이전에 북에 가신 것입니다. 곧 돌아온다고 말씀하셨다니까 실제로 1·4후퇴 이후에 서울에 다시 오셨을 가능성도 있지요. 1953년은 최종 월북을 지칭하는 것 같습니다.

　아무 연고도 없는 제주도에서의 생활이 궁핍했을 것이야 익

돈암동 집 앞에서, 외할머니 노미석과 정섭, 좌섭 남매

히 짐작할 수 있지요. 먹고살려고 엿장수를 했다는 이야기도 종종 하셨습니다. 외할머님이 엿이라도 떼다가 팔아야 하겠다는 생각을 하신 모양입니다. 워낙 생활력이 강한 분이셨으니 어떻게든 살아남으려고 하셨겠지요. 그런데 아침에 시장에서 엿을 떼어 엿판에 들고 제주 읍내를 하루 종일 돌아다녀도 팔리지 않아 저녁에는 엿에 까맣게 때가 타서 팔 수도 없는 지경이 되었다는 이야기를 종종 하셨지요. 외할머님이 기독교를 믿으신 것은 그때였습니다. 기댈 곳이 없었겠지요. 그때부터 돌아가실 때까지 아주 독실한 기독교 신자였습니다. 돈암동의 한 교회를 다니셨는데, 매일 새벽 기도를 나가셨지요.

외할머님은 이북 출신 특유의 생활력으로 가난한 딸과 사위의 든든한 버팀목 역할도 하셨습니다. 당시 대개의 여성이 그랬듯이 학교를 다니지 못했는데 아주 비상한 기억력과 총기를 가진 분이었습니다. 우리 삼 남매가 "할머니 학교 다녔으면 맨날 우등했겠다"고 놀리곤 했지요.

**맹문재** 그 외할머니께서 언제 돌아가셨는지요? 외할머니의 다른 친척은 없는지요? 재미있는 일화가 있으면 좀 들려주세요.

**신좌섭** 제가 예과 2학년이던 1979년에 돌아가셨습니다. 1964년경 정릉 흥천사 인근에서 회갑연을 한 것으로 기억이 남아 있으니까 75세쯤 되셨을 때 돌아가신 것이지요.

이북에서 함께 내려온 친척이 몇 분 계셨어요. 외할머님과는 종종 왕래가 있었는데, 이분들만 만나면 전형적인 이북 말씨가 튀어나오곤 했지요. 외할머님은 워낙 부지런하고 검약한 분이라서 시장에서 상인들이 버린 우거지를 주워 오시곤 하셨어요. 그것으로 우리들 된장국을 끓여주셨지요. 겨울에도 감기 한 번 걸리지 않으셔서 늘 스스로 '독일제'라고 하셨습니다. 그 당시에는 '독일제'가 튼튼함의 대명사였지요.

맹문재 참으로 대단한 어른이셨네요. 인병선 선생님은 나중에 서울로 전학 와서 고등학교 3학년을 다녔고 공부를 열심히 해 서울대학교 철학과에 진학했어요. 그런데 곧 신동엽 시인과 결혼하게 되어 학교도 그만두고 시인의 고향인 부여로 내려갔어요. 엄청난 결심을 하신 것인데, 그 상황을 좀 들려주세요. 신동엽 시인의 미발표 산문집인 『젊은 시인의 사랑』에 실린 편지들을 보니 1953년부터 교제한 것으로 보이네요.

신좌섭 이화여고 졸업반이던 1953년부터 교제를 하셨지요. 아버님이 그해 봄 대전에서 전시연합대학으로 단국대 사학과를 졸업하고 서울에 올라와 친구 소유의 서점(돈암동 사거리)에서 일하고 있었는데, 책을 사러 왔던 어머님과 만나게 되었다는 이야기는 널리 알려져 있지요.

당시 외할머님은 돈암시장에서 작은 포목상을 하던 때이고 집도 근처였던 것으로 알고 있습니다. 1946년 북쪽에서 서울로 내려왔을 때에도 혜화국민학교를 다녔으니까 내내 혜화동, 돈암동 일대에 사셨던 셈입니다.

아버님도 돈암동 집 근처 서점에서 어머님을 만나게 된 것이지요. 서점의 정확한 위치는 모르지만 기억을 더듬어보면 당시 돈암동 사거리에 서점이 있었을 만한 곳은 현재 성신여대 사거리 국민은행 길 건너 정도(아리랑고개 방향)였을 거예요. 그곳에 버스 정류장이 있었는데 아침저녁 출퇴근하는 사람들로 붐볐고, 길 건너 국민은행 쪽보다 소규모 상점들이 많았습니다.

어머님은 아버님을 처음 만나고 이듬해 1954년 서울대학교 문리대 철학과를 입학했는데 막상 대학에 들어가고 보니 학문에 대한 열정은 일어나지 않았다고 합니다. 서울대 철학과에서 배우는 사변적인 서양철학을 아버님의 독특한 세계관이 덮어버린 셈이었지요. 또 1954년 여름방학 때 아버님을 따라 부여에 처음 다녀오고 공부에 대한 생각이 점점 멀어져간 것 같아요. 그해 가을 아버님이 동두천에서 육군 6사단 정훈부 군 복무를 시작했는데, 2대 독자라는 이유로 이듬해 의가사 제대를 했어요. 그 뒤 1955년 가을 약혼을 하고, 1956년 결혼식을 올렸지요. 여러 연보에 1957년 결혼으로 되어 있는데, 문학관에도 남아 있는 청첩장을 보면 1956년이 맞습니다.

학교를 중퇴하고 결혼을 하게 된 것은 물론 사랑이 첫째 이유였겠지만, 부여를 다녀오면서 당시 한반도의 현실에 눈을 뜨게 된 점도 작용한 것 같습니다. 이런 곳에서 철학이 무슨 소용이 있을지 회의가 들었겠지요. 전쟁 중에 의용군으로 끌려간 오빠와 월북으로 헤어진 부친에 대한 그리움을 아버님에게서 찾으

인병선 선생 대학 시절

려고 했는지도 모르겠습니다. 아버님이 외삼촌과 1930년생으로 동갑입니다. 외삼촌은 어머니나 외할머님의 말씀에 의하면 엄청나게 똑똑하고 지적인 청년이었다고 합니다. 물론 정치적으로 사회주의자였고요. 또 주위에서는 어머니를 '빨갱이 딸'이라고 백안시하는 분위기였음에도, 아버지가 외할아버님을 진심으로 존경한 것도 호감으로 작용했을 것입니다.

어머니 친정 쪽에서는 두 분의 결혼에 반대가 심했습니다. 월남민들이라서 친척이 많았던 것도 아니고 타향살이니 서로 뭉쳐 살아야 하는 입장이었는데도, 어머니는 결혼을 반대한 분들에게 섭섭한 마음을 가지고 오래도록 소원하게 지내셨습니다. 친척들이 반대한 것은 신랑 집안이 너무 가난하고 당시까지도 아버님이 변변한 직업을 갖지 못했기 때문이겠지요.

어머니의 산문집 『벼랑 끝에 하늘』을 보면 부여 시댁 살림이 너무 어려워서 한동안 '이화양장점'을 운영한 것으로 되어 있습니다. 지금도 양장점 자리를 기억하는 친척 분이 있는데, 그분에 따르면 부여터미널 맞은편 현재 백마약국 자리(구 아리 254)라고 합니다. 양장점을 생각해낸 것은 외할머님이 포목상을 하던 것과도 무관하지 않은 것 같습니다.

**맹문재** 두 분의 결혼 시기를 바로잡아주셔서 다행이네요. 지금까지 인병선 선생님의 23세 때(1957년)로 알려져 있거든요. 결혼한 뒤 신동엽 시인은 맏딸을 얻었고, 충남 보령군에 있는 주산농업고등학교 교사로 근무했어요. 그런데 각혈을 동반한 폐결핵을 앓

신동엽 시인 군 복무 시절(왼쪽 첫 번째가 신동엽)

인병선과 신동엽 결혼

게 되어 학교를 그만두었어요. 인병선 선생님은 아이를 데리고 서울 돈암동으로 올라가 한동안 서로 떨어져 살아야 했어요. 1959년 1월 28일까지의 편지들을 읽어보니 그 사정이 그지없이 애절해요. 그때의 상황을 들을 수 있을까요?

**신좌섭**　제가 태어나기 전이니까 그 이야기에 등장하는 아이는 누이입니다. 2살 무렵이었겠지요. 결혼해서 첫딸을 낳은 뒤 떨어져 있어야 했으니 얼마나 안타까웠겠어요? 당시 아버님 편지를 보면 그리움이 절절합니다.

　　어머니의 산문집 『벼랑 끝에 하늘』에도 나오지만 당시에 가족과 떨어져 있어야 한다고 생각한 것은 폐디스토마를 폐결핵으로 오인한 탓일 겁니다. 아버님의 지병에 대해서 다소 오해가 있는 것 같습니다. "1951년 국민방위군 대구수용소를 빠져나와 귀향할 때 굶주림을 견디지 못해 민물 가재를 잡아먹어 간디스토마에 걸렸고, 이것이 나중에 간암의 원인이 되었다"는 글들이 있습니다만, 붕어나 잉어 같은 민물 생선은 주로 간디스토마, 민물 가재나 게는 주로 폐디스토마의 원인이 되지요. 아버님이 아침상 앞에서 종종 언급하신 것은 민물 가재이고, 따라서 1958년 각혈의 원인인 폐디스토마가 그때 생긴 것일 거예요. 돌아가실 때의 사망 원인인 간암은 별도의 지병이었다고 보는 것이 맞을 것입니다.

**맹문재**　신동엽 시인은 30세(1959년)에 필명 석림(石林)으로 『조선일보』

신춘문예에 가작 입선을 했어요. 입선 작품은 「이야기하는 쟁기꾼의 대지」였어요. 작품이 게재된 신문을 받아 든 인병선 선생님께서는 뒷산으로 올라가 몇 시간 동안 우셨다고 「당신은 가신 분이 아니외다」라는 산문에서 밝히셨어요. 왜 그렇게 기쁘셨을까요? 남편이 시인이 되려고 한다는 것을 알고 있었는지요?

**신좌섭** 시인으로 세상에 인정받게 되었다는 기쁨이 무엇보다도 컸겠지만, 앞에서도 말했듯이 아버님과 결혼하고 나서 친정 친척들로부터 서러움을 많이 받았습니다. '드디어 내 남편이 빛을 발하게 되었다'는 기쁨이 아니었을까요?

**맹문재** 인병선 선생님의 아호가 추경(秋憬)이에요. 신동엽 시인이 편지를 쓸 때 부르던 이름인데, 어떤 의미인지요?

**신좌섭** 가을 추, 그리워할 경인데, 글쎄요. 전에도 비슷한 질문을 받은 적이 있는데, 아호로서는 다소 쓸쓸한 느낌을 담고 있다는 생각을 했습니다. 처음 만난 것이 1953년 무렵이니까 10대 후반, 20대 초반 어머님의 상황이나 정서가 그랬을 거예요. 당시 어머님의 사진들을 보아도 그런 느낌이 들지요.

**맹문재** 인병선 선생님께서 신동엽 시인의 작품들 중에서 어떤 작품을 애송하셨는지요?

**신좌섭**  주위에서는 으레 「껍데기는 가라」나 「산에 언덕에」를 낭송해
달라고 했겠지요. 많은 문인들이 두 가지 시를 낭송하는 모습을
기억하실 것입니다. 그러나 제 생각에는 아마도 예언자적인 면
모를 보이는 「빛나는 눈동자」에 가장 공감하지 않으셨을까 싶
습니다. 그 시는 일종의 자화상으로도 파악됩니다. 선지자, 예
언자적인 이런 모습에 사실 반하신 것이고요. 제가 전문을 한
번 읽어보겠습니다.

> 너의 눈은
> 밤 깊은 얼굴 앞에
> 빛나고 있었다.
>
> 그 빛나는 눈을
> 나는 아직
> 잊을 수가 없다.
>
> 검은 바람은
> 앞서 간 사람들의
> 쓸쓸한 혼(魂)을
> 갈가리 찢어
> 꽃 풀무 치어오고
>
> 파도는,
> 너의 얼굴 위에

너의 어깨 위에 그리고 너의 가슴 위에
마냥 쏟아지고 있었다.

너는 말이 없고,
귀가 없고, 봄(視)도 없이
다만 억천만 쏟아지는 폭동을 헤치며
고고(孤孤)히
눈을 뜨고
걸어가고 있었다.

그 빛나는 눈을
나는 아직
잊을 수가 없다.

그 어두운 밤
너의 눈은
세기(世紀)의 대합실 속서
빛나고 있었다.

빌딩마다 폭우가
몰아쳐 덜컹거리고
너를 알아보는 사람은
당세에 하나도 없었다.

그 아름다운,

빛나는 눈을
나는 아직 잊을 수가 없다.

조용한,
아무것도 말하지 않는,
다만 사랑하는
생각하는, 그 눈은
그 밤의 주검 거리를
걸어가고 있었다

너의 빛나는
그 눈이 말하는 것은
자시(子時)다, 새벽이다,
승천(昇天)이다

어제
발버둥치는
수천 수백만의 아우성을 싣고
강물은
슬프게도 흘러갔고야.

세상에 항거함이 없이,
오히려 세상이
너의 위엄 앞에 항거하려 하도록
빛나는 눈동자

너는 세상을 밟아 디디며
포도알 씹듯 세상을 씹으며
뚜벅뚜벅 혼자서
걸어가고 있었다.

그 아름다운 눈.
너의 그 눈을 볼 수 있는 건
세상에 나온 나의, 오직 하나
지상(至上)의 보람이었다.

그 눈은
나의 생과 함께
내 열매 속에 살아남았다.

그런 빛을 가지기 위하여
인류는 헤매인 것이다.

정신은
빛나고 있었다.
몸은 야위었어도
다만 정신은 빛나고 있었다.

눈물겨운 역사마다 삼켜 견디고
언젠가 또다시
물결 속 잠기게 될 것을

빤히, 자각하고 있는 사람의.


세속된 표정을
개운히 떨어버린,
승화된 높은 의지의 가운데
빛나고 있는, 눈


산정(山頂)을 걸어가고 있는 사람의,
정신의
눈
깊게. 높게.
땅속서 스며나오듯한
말 없는 그 눈빛.


이승을 담아 버린
그리고 이승을 뚫어버린
오, 인간정신미(美)의
지고(至高)한 빛.

—「빛나는 눈동자」 전문


**맹문재**  첫 시집 『아사녀』(문학사, 1963)에 수록된 작품이지요. 다시 읽어
보니 어두운 시대에 맞서고자 하는 시인의 지사적인 정신이 느
껴지네요. 신동엽 시인은 등단한 해에 맏아들 좌섭도 얻어 집안
의 경사가 겹쳤어요. 신동엽 시인은 이듬해에 서울로 올라와 교

신동엽 시인의 아버지 신연순. 손자 좌섭과 함께.

육평론사에 취직했고, 그 이듬해에 명성여고의 교사 생활을 하셨어요. 건강이 좋지 않았는데도 가장으로서의 책임감 때문에 경제 활동을 하신 것으로 보여요. 명성여고 교사 생활과 관련해서 들은 말씀이 있는지요?

**신좌섭**  아버지가 가장 존경한다고 한 분이 할아버님이십니다. 할아버님은 어려운 여건에서도 어떻게든지 가족을 잘 돌보려고 애쓰셨지요. 특히 중요한 순간마다 아버지를 위해서라면 모든 것을 아끼지 않았습니다. 아버지도 할아버님과 마찬가지의 자세를 견지하면서 가정을 돌보고 싶어 하셨을 거예요. 어머님이나 누이의 회고에도 나오지만 아버지의 저희 삼 남매에 대한 사랑이 지극하셨어요.

문학을 하고 예술을 한다고 해서 가장으로서의 책임을 저버리는 삶은 용납하기 싫어하셨을 거예요. 그렇지만 결코 넉넉할 수 없었지요. 당시 표현으로 '쥐꼬리만 한 봉급'이었으니까요. 그래서 사실 큰일이 있을 때는 포목상을 하던 외할머님의 도움을 종종 받았던 것으로 기억합니다.

명성여고 교사 생활은 즐겁게 하신 것으로 기억해요. 학생들을 가르치는 것을 좋아했고 누이가 「대지를 아프게 한 못 하나 아버지 얼굴 가에 그려 넣고」라는 글에서 회상했듯이 주입식 교육이 아니라 뭔가 문제의식을 갖고 스스로 생각하도록 하는 교육을 하셨지요. 국어라서 더 그랬겠지만, 시험문제도 으레 주관식이었고요. 어쩌면 당시 인생 최고의 시기를 누리셨을 것으

왼쪽 정섭, 오른쪽 좌섭

우섭(왼쪽에서 세 번째)

신동엽 깊이 읽기

로 짐작합니다. 지난가을 방송한 팟캐스트 〈내 마음 끝까지〉에서도 제가 언급했습니다만, 몇몇 제자 분들은 아버님 돌아가신 후에도 집으로 종종 찾아와 우리들과 놀아주곤 했습니다. 주로 문예반 학생들이었던 것으로 기억합니다. 그중 한 분은 2000년대 초반까지도 교류가 있었어요.

**맹문재** 신동엽 시인은 33세(1962년)에 둘째 아들 우섭도 얻어요. 1녀 2남의 자식을 두게 되는데, 정섭 따님과 둘째 아들은 지금 어떻게 지내시는지요?

**신좌섭** 누이 정섭은 서울대학교 미대를 졸업하고 독일 카셀대학에서 다시 미술을 공부했습니다. 귀국 후 화가로 활동하다 1990년대 초 캐나다로 이민 가 살고 있습니다. 사실 누이는 감수성이 예민해서 1970~80년대 한국의 사회적 분위기를 견디지 못했어요. 예술적 재능이 뛰어났는데, 시대 상황에 적응하지 못해 재능을 잘 발휘하지 못한 경우입니다. 동생 우섭이는 대학을 마치고 조그맣게 사업을 하고 있습니다. 역시 예술적 재능이 있는 편인데, 소박하고 조용하게 살아가는 것을 좋아하는 스타일입니다.

**맹문재** 신동엽 시인은 1969년 4월 7일 간암으로 타계합니다. 39세의 나이였으니 참으로 안타까워요. 인병선 선생님께서 받은 충격은 이루 말할 수 없이 컸겠지요. 그런데 다행히도 잘 이겨내시

1970년대 인병선 시인이 음식점을 하던 북한강가 새터 왕바위유원지에서
의예과 친구들과(뒷줄 왼쪽에서 두 번째가 신좌섭)

고 짚풀문화 연구의 대가
가 되셨어요. 짚풀 생활사
를 평생 동안 조사하고, 채
록하고, 수집하고, 저서를
간행하고, 짚풀생활사박물
관까지 세우셨어요. 또한
시인이 되어 『들풀이 되어
라』라는 시집도 간행하셨
어요. 그와 같은 생활을 곁
에서 보셨을 텐데 소개를
부탁드려요.

『들풀이 되어라』 표지

**신좌섭**  어머님이 짚풀생활사박물관을 개관한 것은 1993년이지만, 짚
풀문화에 관심을 갖고 답사를 다니며 사진을 찍고 유물들을 수
집하기 시작한 것은 1983년 무렵부터입니다. 1969년 아버님이
돌아가시고 출판사 교정 일로 생계를 유지하는 등 늘 생활고에
시달리다가 1970년대 초부터 경기도 마석과 대성리 중간쯤에
있는 새터라는 곳에서 음식점을 시작했지요. 이것이 장사가 제
법 되어서 1980년경에는 기본적으로 먹고살 만한 형편이 되었
습니다.

생활에 여유가 좀 생기니까 안에 억눌러놓았던 욕구가 분출
하여 선불교에도 관심을 갖기 시작했고, 좋은 카메라를 사서 주
변의 사물들을 사진에 담기 시작하셨습니다. 타고난 감각도 있

『짚문화』, 『풀문화』,
『우리가 정말 알아야 할 우리 짚풀 문화』
표지

으셨고 관심과 애정을 가진 사물들을 찍으니까 제법 좋은 작품들이 나오기 시작했습니다. 그러던 차에 1983년 무렵 민학회(民學會) 답사에 참여한 것이 계기가 되어 사라져가는 농촌 생활상을 카메라에 담고, 짚으로 만든 농촌 생활 용구들을 수집하고, 증언을 채록하기 시작했지요. 이것들이 어느 정도 축적되자 1993년 청담동에 박물관을 개관했는데, 당시만 해도 작은 규모의 전문 박물관이라는 개념이 없을 때입니다. 그 때문에 언론의 주목도 많이 받았고, 다른 소장가들에게도 큰 자극이 되었습니다.

어머니가 짚풀문화에 관심을 가진 것은 대지와 농촌 공동체에 깊은 애정을 갖고 있던 아버지, 농촌경제학자였던 외할아버님에 대한 그리움과 관련이 깊다고 생각합니다. 외할아버님은 일제강점기 농촌경제학의 권위자였는데 학문적으로만 농촌을 연구한 것이 아니라 우리의 전통적인 농촌문화에 깊은 애정을 갖고 계셨습니다. 당신의 아버님에 대한 그리움이 속에 내재해 있다가, 좀 여유가 생기니까 치솟아 오른 것이지요.

이런 연구 결과들을 모아서 『짚문화』, 『풀문화』, 『우리가 정말 알아야 할 우리 짚풀 문화』 등의 책을 펴내기도 했습니다. 짚풀문화와 토착 생활사에 대한 관심은 나중에 중국 운남성 소수민족에 대한 관심으로도 옮아갑니다. 1992년 태국 치앙마이와 중국 운남성을 답사해서 그곳에 사는 소수민족의 생활상에서 우리의 전통적인 삶의 모습을 추적했지요. 1천 3백여 년 전 동아시아로 흩어진 고구려, 백제 유민(디아스포라)의 흔적을 찾고자

『우리 민족 찾아 아시아 대장정』,
『가마니로 본 일제 강점기 농민 수탈사』 표지

한 것입니다. 이것을 정리해서 『우리 민족 찾아 아시아 대장정』이라는 책을 펴냈습니다. 일제강점기 조선 농민의 가마니 생산과 관련된 신문기사를 모아서 『가마니로 본 일제강점기 농민 수탈사』라는 자료집을 묶어 내기도 했는데, 짚으로 엮은 가마니라는 것이 농촌 수탈에 어떻게 이용되었는지에 관한 상세한 보고서입니다.

시집 『들풀이 되어라』를 언급하셨는데, 풀빛에서 나온 이 시집의 제1부는 아버님과의 관계에 대한 시, 제2부는 북으로 떠난 오빠에 대한 그리움 등 월남민의 서정, 제3부는 저에 대한 시들입니다. 시집이 절판이 되었습니다만, 언젠가 묶어 내게 될 『인병선 전집』에 실을 계획입니다.

이 시집에 실려 있는 「열쇠 세 개 버리고」라는 시를 소개하면 대학을 중퇴하고 노동운동을 한다고 현장에 들어가 있는 저를 안타까워하는 마음이 그대로 드러나 있지요. 아래와 같습니다.

아파트 열쇠
병원 열쇠
자가용 열쇠
열쇠 세 개가 보장되어 있다는
의대 본과 2학년을
쪽 깨진 사기그릇처럼
미련없이 던지고 훌훌이
준마 탄 석가의 걸음으로
아성을 뛰어넘은 아들아

네 양심이 빗물처럼 스며
지금은 저 땅밑 가장 깊은 곳에서
지열과 손잡고 지구를 도누나

열쇠 세 개에
고운 신부에
온갖 안락이 보장된 인생에서
대체 무엇이 너를 가시되어 찔러
모든 것 버리고 훌훌이
떠나가게 하였느냐

네 분노와 몸부림이
지금은 저 땅밑 가장 깊은 곳에서
뜨거운 지동으로 으르렁대도
이 어미는
구름을 타고
이미 천길이나 높이 뜬
이 어미는
네 옆에 갈 길을 잃었구나
천둥 번개에
비로 부서지기 전에는
비가 되어 내리기 전에는

「이 시대의 지장보살」이라는 제목의 시는 또 이렇습니다.

대학을 때려치우고 집을 나가
성남인가 구로동인가에서
월급 십만 원짜리
쇠깎기 노동자가 되었다는

하루 세때 라면으로만 때워
누렇게 뜬 사람들과 나란히
깎은 쇠부스러기 틈새에서
눈꼽 같은 생존을 비비며 산다는

기계에 팔이 잘려나갈 수도
목이 감겨 죽을 수도 있지만
있는 자들의 천국 같은 위선에
없는 자들의 지옥 같은 진실로 도전한

너는
지장
이 시대의 한 지장

**맹문재**   짚풀생활사박물관은 현재 비영리법인으로 만들어져 운영되고 있는 것으로 알고 있습니다. 인병선 선생님의 역사의식 및 공인 인식과 집념이 그저 존경스럽습니다. 1982년에는 유족과 창작과비평사 공동으로 '신동엽창작기금'이 제정되어 지금도 시행되고 있어요. 소개를 좀 부탁드려요.

1997년 제15회 신동엽창작기금 수여식

**신좌섭** 박물관이 오래도록 지속되기를 바라는 뜻에서 소규모의 비영리 법인을 설립했습니다. 우리나라에 박물관, 미술관이 1천 개가 넘지만 대기업에서 운영하는 곳이 아니면 창립자 사후에 지속하기는 매우 어렵습니다. 박물관 창립자들은 열정으로 시작하지만 이익이 창출되는 것도 아니어서 후손들은 포기하기가 쉽습니다. 이것을 염려하신 것이지요.

1982년에 처음 '신동엽창작기금'을 제정했어요. 지금은 '신동엽문학상'이지만 2003년 21회까지는 '창작기금'이었습니다. 아버님이 PEN클럽 작가 기금을 받아 서사시 「금강」을 집필할 수 있었던 것이 배경이 되었지요. 사실 시인이나 소설가가 일정 기간 작품에만 전념한다는 것이 쉬운 일이 아니지요. 따라서 아버님이 PEN클럽 작가 기금을 받아서 「금강」을 집필한 것처럼 좋은 기회를 후배 문인들이 갖기를 바라는 마음으로 어머님과 창작과비평사가 함께 시작한 일입니다. 금년(2019년)이 벌써 37회네요.

**맹문재** 저는 이 세상의 모든 위인들 뒤에는 헌신한 분들이 있다고 생각해요. 전태일 열사 뒤에는 이소선 어머니가 있었고, 헬렌 켈러 뒤에는 설리번 교사가 있었듯이 신동엽 시인의 뒤에는 인병선 선생님이 있었다고 생각합니다. 정말 대단하신 분이세요. 오래오래 건강하시길 기원해요.

(『푸른사상』 2019년 봄호, 10~27쪽)

1930년     8월 18일 충청남도 부여군 부여읍 동남리 249번지에서 아버지 신연순(申淵淳)과 어머니 김영희(金英嬉) 사이에서 장남으로 태어나다. 실제 출생일이 양력 8월 4일(음력 윤 6월 10일)이라고 유족들은 말한다.

1938년(8세)    부여공립심상소학교에 입학하다. 학교 성적이 매우 우수하고, 4학년 때 반장도 지내다.

1940년(10세)    소학교 3학년 때 '申東曄'에서 '히라야마 야키치(平山八吉)'로 창씨개명되다.

1942년(12세)    4월 내지성지참배단(內地聖地參拜團)에 부여초등학교 대표로 15일 동안 일본을 다녀오다.

1944년(14세)    3월 부여국민학교를 졸업하다(1941년부터 국민학교로 명칭 바뀜). 가난 때문에 진학하지 못하다.

1945년(15세)    4월 전주사범학교에 입학하다.

1948년(18세)    동맹휴학에 가담하여 장기결석으로 퇴학당하다.

1949년(19세)    7월 공주사범대학 국문과에 합격하지만 다니지 않는다. 9월 단국대학교 사학과에 입학하다.

1950년(20세)    한국전쟁 7월 초부터 9월 말까지 민주청년동맹 선전부장을 지내다. 인민군이 물러나자 부산으로 가 전시연합대학에 다니다. 12월 말 국민방위군에 징집되다.

1951년(21세)  2월 중순 국민방위군 대구수용소를 탈출해 귀향하다.

1953년(23세)  단국대학교 사학과 졸업하다. 봄에 상경하여 고향 선배가 운
영하는 돈암동의 헌책방에 숙식하며 일을 돕다. 가을부터 책
방에 자주 오는 이화여자고등학교 3학년 인병선(印炳善)과 만
나다.

1955년(25세)  고향으로 돌아가 여름을 보낸 뒤 구상회와 함께 상경하여 동
두천에서 입대하다. 서울 육군본부로 전속되다.

1956년(26세)  초가을 2대 독자라서 의가사 제대하다. 겨울에 구상회, 노문,
이상비, 유옥준 등과 동인지 『야화(野火)』 준비하다. 10월 농촌
경제학자 인정식(印貞植)의 외동딸 인병선과 결혼하다. 인병선
은 서울대 철학과 3학년 중퇴하다.

1957년(27세)  건강이 좋지 않고 직장이 없어 생활이 힘들다. 인병선이 부여
읍내에 이화양장점을 차리다. 장녀 정섭(貞燮) 태어나다.

1958년(28세)  가을에 충남 보령의 주산(珠山)농업고등학교 교사가 되다. 디
스토마로 건강이 나빠져 휴직하다. 차도가 없어 사직하다.

1959년(29세)  부여로 돌아와 '석림(石林)'이라는 필명으로 『조선일보』 신춘
문예에 장시 「이야기하는 쟁기꾼의 대지」 응모해 가작으로 입
선하다. 예심을 본 박봉우 시인과 이후 문학 동지가 되다. 봄
에 상경해 돈암동에서 살림을 시작하다. 장남 좌섭(左燮) 태어
나다.

1960년(30세)  월간 교육평론사에 입사하다. 4·19혁명이 일어나자 『학생혁
명시집』을 만들어 출간하다.

1961년(31세)  명성여자고등학교 야간부 국어교사가 되다. 「시인정신론」
(『자유문학』) 발표하다.

1962년(32세)  차남 우섭(祐燮) 태어나다. 장모의 도움으로 서울 동선동 5가

45번지에 한옥 마련하다.

1963년(33세)  첫 시집 『아사녀(阿斯女)』(문학사) 출간하다.

1964년(34세)  3월 건국대학교 대학원 국어국문학과 입학하다. 한 학기 다니고 그만두다. 7월 제주도 여행하다. 12월 시 「껍데기는 가라」(『시단』 6집) 발표하다.

1965년(35세)  한일협정 비준 반대 문인 서명에 참여하다.

1966년(36세)  2월 시극(詩劇) 「그 입술에 패인 그늘」 국립극장에서 상연되다. 최일수 연출.

1967년(37세)  12월 펜클럽 작가기금 받아 장편서사시 「금강」(『장시 · 시극 · 서사시』, 을유문화사) 발표하다. 동양라디오 방송에 〈내 마음 끝까지〉 프로그램 진행하며 대본 쓰다.

1968년(38세)  5월 오페레타 〈석가탑〉(백병동 작곡) 드라마센터에서 상연되다. 6월 16일 김수영 시인 타계하자 조사 「지맥 속의 분수」(『한국일보』 6월 20일) 발표하다.

1969년(39세)  3월 간암 진단받고 세브란스 병원에 입원하다. 4월 7일 서울 동선동 자택에서 타계하다. 4월 9일 경기도 파주군 금촌읍 월롱산 기슭에 안장되다.

1970년  4월 18일 부여읍 동남리 백마강 기슭에 시비(詩碑)가 세워지다.

1975년  6월 『신동엽 전집』(창작과비평사) 출간되다. 7월 긴급조치 9호 위반으로 판매 금지되다.

1980년  4월 증보판 『신동엽 전집』(창작과비평사) 출간되다.

1983년  6월 구중서가 엮어 『신동엽─그의 문학과 삶』(온누리) 출간하다.

1985년  5월 부여의 생가 복원되다.

1988년  12월 미발표작 시집 『꽃같이 그대 쓰러진』(실천문학사) 출간되다.

| 1989년 | 1월 미발표 산문 송기원 엮어 『젊은 시인의 사랑』(실천문학사) 출간하다. 4월 단행본 『금강』(창작과비평사) 출간되다. |
|---|---|
| 1990년 | 단국대학교 서울캠퍼스 교정에 시비 세워지다. 아버지 신연순 별세하다. |
| 1993년 | 11월 묘지를 부여군 부여읍 능산리로 이장하다. |
| 1999년 | 부여초등학교 교정에 시비 세워지다. |
| 2001년 | 전주교육대학 교정에 시비 세워지다. |
| 2005년 | 12월 김응교가 평전 『시인 신동엽』(현암사) 출간하다. |
| 2010년 | 12월 신동엽학회가 학회지 『전경인(全耕人) 어문연구』 창간호 출간하다. |
| 2013년 | 4월 강형철·김윤태가 엮어 『신동엽 시전집』(창비) 출간하다. 5월 3~4일 신동엽문학관 개관하다. |
| 2019년 | 4월 강형철·김윤태가 엮어 『신동엽 산문전집』(창비) 출간하다. |
| 2020년 | 8월 고명철 외 『이 세상에 나온 것들의 고향을 생각했다』(소명출판) 출간하다. |

1935년 음력 6월 26일 평안남도 용강 출생. 부 인정식(印貞植), 모 노미석 (魯美石)의 1남 2녀의 막내로 태어나다. 본관 교동. 1956년 신동엽 시인과 결혼, 슬하에 3남매를 두다.

### 학력

1954년 이화여고 졸업

1956년 서울대 철학과 3학년 중퇴

1968년~1972년 서라벌예술대 문예창작과 졸업

### 경력

1983년 민학회 부회장, 예술마당 '금강' 대표

1990년 '민족문학' 에 등단, 민족문학작가회의 이사

1991년 짚풀문화 특별전(국립민속박물관)

1993년 짚풀생활사박물관 개관(청담동 67-11), 관장

1993년 개관특별전 망, 망태, 망태기전

1994년 사단법인 짚풀문화연구회 설립, 회장

1994년 동학농민전쟁 1백 주년 기념 민속전

1994년 맥간공예, 보리짚, 밀짚 특별전

1996년 1년간 일본 오사카민족학박물관 외래연구원

1998년 민주개혁국민연합 공동대표

1999년 한국사립박물관회(현 사단법인 한국사립박물관협회의 전신) 1, 2
대 회장

2000년 민족지『풀코스 짚문화여행』(현암사) 출간

2008년 제18대 총선 통합민주당 공천심사위원회 위원

문화재관리국 제4분과 문화재전문위원

인천시 문화재위원

## 저서

『들풀이 되어라』, 풀빛, 1989.

『짚문화』, 대원사, 1989.

『풀문화』, 대원사, 1991.

『벼랑 끝에 하늘』, 창작과비평사, 1991.

『우리가 정말 알아야 할 우리 짚풀 문화』, 현암사, 1995.

『전통 칠교놀이』, 현암사, 1998.

『팽글팽글 팽이 이야기』, 현암사, 1998.

『우리가 정말 알아야 할 우리 종이 오리기』, 현암사, 2005.

『짚과 풀로 만들기』, 우리 교육, 2006.

『짚풀생활사박물관 : 짚과 풀이 전해 주는 참살이 이야기』, 주니어김영사,
2010.

『가마니로 본 일제강점기 농민 수탈사』, 창비, 2016.

『우리 민족 찾아 아시아 대장정』, 선인, 2016.

## 수상

1991년 문화부 문화가족상(火箭)

2005년 대한민국 문화유산상(보존관리)
2009년 제12회 자랑스러운 박물관인상(원로 부문)

**기타**

1993년 박물관 : 서울시 강남구 청담동 67-11
2001년 박물관 : 종로구 명륜동 2가 8-4

## 신좌섭 연보

1959년 5월 5일 충남 부여군 부여읍 동남리 294번지 출생
2024년 3월 30일 타계

### 학력

1997년 서울대학교 의학 학사
2001년 서울대학교 대학원 의사학 석사
2004년 한양대학교 대학원 교육공학 박사

### 경력

2005.4~2012.5 서울대학교 의과대학 의학교육연수원 연수부장
2006.4~2017.5 한국의과대학의학전문대학원협회 전문위원장
2007.5~2009.4 한국의학교육학회 학술부장
2008.8~2009.7 미국 서던일리노이대학교 교환교수
2012.3~ 서울대학교 의과대학 의학교육학교실 주임교수
　　　　　　국제퍼실리테이터협회 인증전문퍼실리테이터
2012.5~2014.5 서울대학교 의과대학 의학교육연수원 부원장
2015.9~ 세계보건기구 교육개발 협력센터장
2016.11~한국퍼실리테이터협회 인증전문퍼실리테이터

2022.9~ 서울대학교 의과대학 의학교육연수원 원장

짚풀생활사박물관 관장

## 저서

매트 리들리, 『이타적 유전자』, 신좌섭 역, 사이언스북스, 2001.

재컬린 더 핀, 『의학의 역사』, 신좌섭 역, 사이언스북스, 2006.

신좌섭, 『네 이름을 지운다』, 실천문학사, 2017.

신좌섭 외, 『이 세상에 나온 것들의 고향을 생각했다』, 소명출판, 2020.

신좌섭 외, 『먼 곳에서부터』, 푸른사상사, 2022.

신좌섭 외, 『인권의학 강의』, 건강미디어협동조합, 2023.

## 수상

2012년 이종욱 펠로우십 5주년 기념 포럼 보건복지부장관 표창

2017 몽골 보건부 장관 공훈 훈장

2017 한국의과대학의학전문대학원협회 의학교육혁신상

2017 문화체육관광부장관 표창

2018 보건복지부장관 표창

2019 서울대학교 학술연구교육상 교육 부문

# 아내가 웃던 날의 맹세

신좌섭

오랜 세월 그늘진 아내 얼굴에 화색이 돈다.
밥을 짓다 놓을 하다 깔깔 웃으니
반가운 마음보다 걱정이 앞선다.
늘그막에 바람이 들었나?
무심히 타박하니 또 웃는다.

무의식 잠겼던 기억이 떠오른다.
풍랑에 난파선 떠오르듯,

지난밤 꿈에 아이를 만났다 했지

멀리 떠난 아일 꿈에 봤다고
마냥 웃는 걸 보니 시샘이 난다.
아이는 왜 내 꿈엔 오지 않는 걸까?

영문 모르고 가라앉은 배에
아이를 묻은 부모의 세월은
어떤 걸까? 그들 꿈에도
아이들이 나와주면 얼마나 좋을까
손잡고 함께 거리를 걷고 깔깔
웃어대고 그렇게 찾아와서
놀아주면 얼마나 좋을까?

배 잠기는 광경을 보며 내 아이가
아니어서 얼마나 다행인가 가슴
쓸어내리던 날을 후회한다.

다시는 그런 생각 하지 않으리라
내 아이가 아니어서라는 말은
평생 입에 올리지 않으리라
얼마나 어리석은 말인가

내 아이가 아니어서라는 말은,
요행처럼 살아주어 다행이란 말은,
막아주지도 지켜주지도 못하면서
요행처럼 살아주어 고맙다는 말은
다시는 떠올리지 않으리라.

(『신생』 2021년 여름호)

작품의 화자는 아내가 "밥을 짓다 농을 하다 깔깔 웃으니/반가운 마음보다 걱정이 앞선다". 그 이유는 아내는 오랜 세월 동안 그늘진 얼굴이었는데 근거없이 화색이 돌기 때문이다. 그리하여 "늘그막에 바람이 들었나?" 하고 무심히 타박을 해보는데도 아내는 웃음을 그치지 않는다. 화자는 그 순간 "멀리 떠난 아일 꿈에 봤다고" 한 아내의 말을 떠올린다. 화자는 "아이는 왜 내 꿈엔 오지 않는 걸까?"라며 시샘을 내기도 한다.

그러면서 화자는 "영문 모르고 가라앉은 배에/아이를 묻은 부모의 세월은/어떤 걸까?"라고 궁금해한다. 아울러 그들의 꿈에도 아이들이 찾아와주면 얼마나 좋을까, "손잡고 함께 거리를 걷고 깔깔/웃어대고 그렇게 찾아와서/놀아주면 얼마나 좋을까?" 하고 희망한다. 아울러 배가 잠기는 장면을 보며 "내 아이가/아니어서 얼마나 다행인가 가슴/쓸어내리던 날을 후회한다". 자신의 이기심을 반성하며 "다시는 그런 생각 하지 않으리라"고 다짐하는 것이다.

"가라앉은 배"는 2014년 4월 16일 침몰한 여객선 세월호이다. 세월호는 4월 18일 완전히 침몰해 안산시 단원고등학교 학생을 포함해 476명의 탑승객 중에서 미수습자 5명을 포함해 304명이 사망했다. 침몰한 배에서 하늘나라로 간 아이들은 얼마나 무서웠을까. 그 아이들 부모의 마음은 지금도 얼마나 아플까. (맹문재)

(출처 : 오연경 · 김지윤 · 맹문재 엮음,
『2022 오늘의 좋은 시』, 푸른사상사, 2022, 103~105쪽)

# 자유에 섞여 있는 피의 냄새

신좌섭

  문학을 잘 알지 못하는 나에게 김수영 시인 탄생 1백 주년 기념 산문을 쓸 기회가 주어진 것은 순전히 나의 아버지인 신동엽 시인과 김수영 시인이 한국문학사에서 차지하는 긴밀한 위상 때문일 것이다. 1960~70년대를 청장년으로 살아낸 많은 사람들의 기억 속에 두 사람은 이른바 '참여 시인'으로 나란히 각인되어 있을 터인데, 이것이 내가 이 글을 쓰게 된 이유라는 것이다.

  돌이켜보면 2018년은 김수영 50주기였고 2019년은 신동엽 50주기였다. 또 2021년은 김수영 탄생 1백 주년이고 2030년은 신동엽 탄생 1백 주년이다. 그래서 2018년 나는 김수영 50주기를 유심히 바라보며 2019년을 준비했고, 이제 2021년 김수영 1백 주년을 유심히 바라보며 2030년을 마음속에 그려보려고 한다. 이런 태도가 다소 얄밉게 느껴질지 모르겠지만, 앞에 가는 누군가가 있으므로 마음이 편안해지는 것은 인지상정 아니던가?

백낙청, 구중서, 염무웅, 김종철 선생 등 많은 평론가들이 두 분을 나란히 언급해왔고 이 때문에 두 분이 개인적으로 깊은 친분을 가진 것으로 오해하는 사람들이 종종 있지만, 두 사람은 생전에 그리 가까운 사이는 아니었고 살아온 과정이나 문학적 성향 모두 크게 달랐다. 많은 사람들의 인상 속에도 한 사람은 '도회인'의 이미지로 한 사람은 '촌사람'의 이미지로 새겨져 있는 것을 보면 두 분의 스타일 차이를 쉽게 느낄 수 있을 것이다. 나에게 새겨져 있는 이미지로 보자면 김수영 시인은 '지자요수(知者樂水)', 아버님은 '인자요산(仁者樂山)'에 딱 어울리는 격이라 하겠다.

　　물론 두 분이 생전에 교류할 기회가 많지 않았다는 것은 중요한 포인트는 아니다. 살아 있는 동안의 교류가 무슨 큰 의미가 있겠는가? 멀리 있으면서도 존중하고 서로 다르면서도 상찬을 아끼지 않으며, 서로 다름을 넘어서서 앞서거니 뒤서거니 전선(戰線)에 함께 나서는 그런 관계가 더 멋진 것 아닌가? 수년 전 부여에 있는 신동엽문학관을 방문한 김수영 시인의 부인 김현경 여사는 김수영 시인이 신동엽 시인의 시를 읽고 흥분한 모습으로 달려와 극찬했던 장면을 생생하게 기억하고 있었다. 또 아버님이 1968년 『한국일보』에 실은 김수영 시인을 위한 조사(弔辭) 「지맥 속의 분수」를 보아도 두 사람의 정신세계가 얼마나 밀접하게 연결되어 있는지를 확인할 수 있다.

　　이 같은 두 사람의 관계는 1980년대 나의 어머니인 인병선과 김수영 시인의 여동생 김수명 씨의 교유로 이어졌고, 지금은 부인 김현경 여사와 신동엽문학관의 교류로 이어지고 있다. 2018년과 2019년 나란히 50주기를 넘기면서 두 분은 아마도 저 하늘 어디선가 지상에서 나누지 못한 많은 정담을 나누었을 것이다. 그리고 올해 2021년을 맞이하면서, 아버님은 지금쯤 9년 인생 선배인 김수영 시인의 1백 회 생일을 마음으로부터 크게 축하하고 계실 것이다.

두 사람의 공통점은 아버님이 김수영 시인을 위한 조사 「지맥 속의 분수」에 쓴 것처럼 '커다란, 사슴보다도 천 배, 만 배 순하디순한 눈동자'를 공유하고 있다는 사실에서만이 아니라 몇 개의 역사적 사건에 대한 공동전선의 정치적 입장에서도 뚜렷이 드러난다. 두 사람은 4·19 혁명의 정신을 가장 선진적으로 갈파했고, 난폭한 군사독재 치하에서 한일협정 반대운동에 드러내놓고 앞장섰으며, 참여-순수 논쟁에 온 생명력을 쏟아부었다.

특히 마지막이 중요한 것 같다. 김수영 시인은 1968년 세상을 떠나기 전 이어령 씨 등과 참여-순수 논쟁을 가열차게 벌였고, 아버님은 돌아가시던 그해 그달인 1969년 4월 『월간문학』에 게재한 「선우휘 씨의 홍두깨」를 통해 참여-순수 논쟁의 제2막을 위한 미완성의 포문을 열었다. 아버님은 좀처럼 흥분하지 않는 성격이었으나, 당시 친구분들의 회고에 의하면 참여-순수 논쟁에 대해서만은 걷잡을 수 없는 분노를 자주 표출했다고 한다. 돌아가신 것이 4월 7일인데, 4월호에 「선우휘 씨의 홍두깨」 원고가 실린 것을 보면 이것이 생전에 마지막으로 스스로 발표한, 어쩌면 유서 같은 원고일 것이다.

두 사람이 한 해를 사이에 두고 잇달아 세상을 떠난 데 대해 구중서 선생이 '서로 닮은 형제가 한 끈에 끌려 어디엔가로 떠나버린 것 같은 감을 준다.'고 말했을 때 그 '한 끈'은 윤재걸 시인이 「평전 : 한반도의 민족시인」에서 지적했듯이, 참여-순수 논쟁에서 밑바닥 본질을 드러낸 '한국의 지적 풍토에 대한 절망'이 아니었는지 하는 생각이 드는 것은 억측일까? 군사독재의 폭력과 침탈에 저항의 펜을 벼르던 이들이 지성을 가장한 내부의 총질에 대한 분노로 밑으로부터 무너진 것은 아니었을까?

이렇게 아버님과 특별한 관계를 가진 김수영 시인은 내 인생에도 적지 않은 영향을 미쳤다. 이유가 어쨌든 서로 나란히 언급된다는 점에서 철없던 어린 시절의 나에게 김수영 시인은 마치 질시의 대상 혹은 경쟁자와 같이 느껴지기도 했다. 아버님이 돌아가시고 어려운 가정형편에 민족시인의 장남이라는 칼끝 같은 자존심으로 소년기를 보냈는데, 국어 수업시간에도 선생님들은 김수영의 시를 종종 언급했지만 아버님의 시는 금기였고, 1974년 출판된 김수영 시집 『거대한 뿌리』는 어느 서점에서나 쉽게 구할 수 있지만 1975년 출판된 『신동엽 전집』은 80년대 초까지 판매금지에 묶였다는 사실 때문에도 어린 마음에 상처가 되었던 것 아닌가 싶다. 물론 이 어처구니없는 질시와 경쟁심의 저변에는 뿌리 깊은 동질감 같은 것이 은연중에 도사리고 있었을 것이다.

1970~80년대 이 땅의 대다수 젊은이들과 마찬가지로 나도 조금은 문학청년이었고 또 조금은 조국의 미래를 걱정하는 열혈청년이기도 했기에 두 분이 나에게 미친 영향은 적지 않았다. 1978년 대학에 들어간 때를 전후한 시기를 돌이켜보면 나에게 아버님의 시는 너무 멀고 어려웠고 김수영의 시가 더 가까이 다가왔던 것 같다. 당시 나는 시집 『거대한 뿌리』를 겨드랑이에 끼고 술집에 드나들었으며, 시 「푸른 하늘을」을 입에 달고 살았다. '…자유를 위하여/비상하여 본 일이 있는/사람이면 알지/노고지리가/무엇을 보고/노래하는가를/어째서 자유에는/피의

냄새가 섞여 있는가를/혁명은/왜 고독한 것인가를…'

그랬다. '자유에 섞여 있는 피의 냄새.' 김수영의 시는 조세희의 『난장이가 쏘아올린 작은 공』, 최인훈의 『광장』과 더불어 70년대 말 나의 대학 시절 초년기를 온전히 지배했다. 말하자면 김수영의 시는 나에게 소년기에서 청년기로 넘어가는 길목이었던 셈이다.

그로부터 얼마 후 광주민중항쟁과 더불어 1980년대가 시작되었을 때 비로소 나는 아버님의 시 세계로 걸어 들어갈 수 있었다. 이슬비 오는 날 「종로5가」에서 길을 묻는 '낯선 소년'의 이미지는 '피의 냄새가 섞이지 않은 (개인적인) 자유를 누리고 있는' 나의 내면에 깊게 각인된 부채의식을 자극하여 나를 학교로부터 노동현장으로 이끌었고, 노동 현장에는 「진달래 산천」이며, 서사시 「금강」을 감격스럽게 외우는 선배들이 기계기름 찌든 얼굴로 깡소주를 마시며 '농민가', '노동혁명가'를 부르고 있었다.

그곳에서 만난 선배들은 나에게 막걸리를 권하면서 기름기 번질거리는 나의 모습을 탓했고 치열한 부채의식의 자극을 받은 나는 그로부터 한 달 만에 김수영 시인의 생전 모습처럼 형편없이 야위고 꺼칠한 모습으로 등장하여 비로소 그들의 세계에 접근할 권한을 인정받을 수 있었다. 결코 잊을 수 없는 1980년대다운 장면이다.

그렇게 노동현장을 오고가며 나는 다시 김수영의 「풀」을 만날 수 있었다. '…풀이 눕는다/바람보다도 더 빨리 눕는다/바람보다도 더 빨리 울고/바람보다 먼저 일어난다…' 수차례에 걸친 피의 혁명으로 장식된 20세기 후반을 넘어서서 지금도 우리 민중의 삶과 온전하게 겹쳐 보이는 '자유에 섞여 있는 피의 냄새'와 '바람보다 더 빨리 울고, 바람보다 더 빨리 일어나는' 풀의 이미지는 시인 김수영의 현재적 의미를 되새기게 할뿐더러, 2021년 지금 저 멀리 양곤과 만달레이의 굶주린 길거리에서 군부독재에 맞서 투쟁하고 있는 미얀마 민중의 고통과 열정을 가슴 깊이 느끼게 한다.

그래서 김수영은 60이 넘은 지금의 나에게 여전히 '젊음'이다.

(김현경 외, 『먼 곳에서부터』, 푸른사상사, 2022, 47~52쪽)

　대담집이 편집되어 1차 교정을 보는 어느 날, 신좌섭 선생님께서 전화를 주셨다. 대담집의 간행이 어떻게 되고 있는지 궁금해하시면서 이러저러한 일들을 말씀하셨다. 열흘 이내에 교정을 봐서 다시 편집해 좀 더 편하게 살펴보실 수 있도록 하겠다고 약속을 드렸다.

　그런데 그사이에 신좌섭 선생님께서 돌아가셨다. 2024년 3월 30일이었다. 참으로 믿기지 않았다. 선생님께서 살아 계실 때 이 책이 나왔으면 얼마나 좋았을까 하는 안타까움은 물론 죄송함이 크다. 늘 따스한 음성으로 친형처럼 대해주시던 선생님의 모습이 눈에 선하다. 아버지 신동엽에 대한 효심도 대단하셨다. 신좌섭 선생님께서 이 대담집에 최선을 다한 것이 그 모습이다.

　신좌섭 선생님의 사십구재가 되어 그냥 지나칠 수 없어 선생님을 기리는 시를 한 편 썼다. 2024년 6월 7일 『더스쿠프』(https://www.thescoop.co.kr)에 발표했다.


　　신동엽이
　　금강 곰나루의 동학 농민들과

삼일 만세 민중들의 아우성을 떠올리며
사월 혁명에 나선 시민들의 손을 잡고 바라본


우리의 하늘


우리의 세상


영원한 사랑


신좌섭은
수유리 봉제공장의 노동자 야학에서
성남의 노동 현장에서
안전하고 건강한 노동을 위하여 글을 쓰면서


그 하늘을 보았네


오월 항쟁과
유월 항쟁과
촛불 혁명에 나선 시민들의 손을 잡고


그 세상을 보았네


이타적 유전자를 옮기면서

의사의 길을 노동자처럼 걸어가면서
빛나는 시인 정신으로

우리의 사랑을 보았네

　　　　　— 맹문재, 「신좌섭 시인 — 사십구재에 부쳐」

　소중한 인연을 주신 신좌섭 선생님께 감사의 인사를 올린다. 부디 평
온하소서.

　지난 6월 23일 신좌섭 선생님의 부인인 정승혜 선생님을 뵈었다. 정
선생님께서 이 대담집의 간행을 흔쾌히 동의하셨다. 앞으로 신동엽과
신좌섭 선생님의 시인 정신을 새기면서 살아가고 또 열심히 연구할 것
을 약속드린다.

2024년 7월 10일
맹문재

인명 및 용어

# 작품 및 도서